청자화분과 가시면류관

청자화분과 가시면류관

이종원 수필집

곰곰나루

내 몸에 맞는 내 글 쓰기로!

　2016년 봄 성남아트센터가 율동공원의 책 테마파크에 개설한 문학아카데미 수필 반에서 글쓰기 공부를 시작하게 되었다. 정년 이후 제2인생을 설계하는 과정에서 적어도 자전적 수필집 한 권쯤 남기고 싶다는 생각이 들어서였다. 스스로 이 세상 다녀간 흔적을 어떤 형태로든 남기고 싶었던 것이다. 늦깎이 문학도의 고군분투하는 모습을 지켜보던 지도교수가 2018년 매일신문 시니어문학상 논픽션 부문에 지원해 보라고 권고했다. 일단 시도나 해보자는 막연한 심정으로 응모하였는데 얼떨결에 당선소식에 접하게 되었다. 또 그것이 계기가 되어 2019년에는 『뜨거운 가슴으로 차가운 머리로』라는 수필집까지 발간하게 되었다. 이어 2022년 봄에는 『월간문학』 수필 부문 신인상 수상자가 되는 영예까지 얻었다. 너무 짧은 기간 동안 이루어진 일이라 스스로도 얼떨떨했다. 준비 안 된 자가 어울리지 않은 옷을 걸치게 되었다는 생각이 들어서였다.

　한편 대표에세이 문학회 회원이 된 후에는 틈틈이 전해 오는 선배 문인들의 작품집을 받아보며 한없이 초라해지는 자신을 확인해야 했다.

글을 더 이상 쓸 용기가 나지 않았다. 어떻게 써야 좋은 글이 되는 줄은 이해할 수 있었으나 실천으로 이어나갈 능력의 한계를 통감했다. 등단과 동시에 비로소 좌절을 맛보게 된 것이다. 수필집을 내었다 하나 엄밀히 말해서 자전적 체험수기에 가까울 뿐 전형적인 수필집으로 보기는 어려웠다. 평생을 문학에 대한 이해나 관심이 거의 전무한 이성 위주의 경제학도로 살아왔기에 수필이라고는 했지만 자신의 생각을 논문 쓰듯 체계적으로 전개해 본 수준에 불과하다는 자책감도 들었다.

그러던 어느 날 번쩍하고 떠오르는 단상이 있었다. 애초부터 유명작가가 되려거나 불후의 명작을 남길 의사나 능력도 없지 않았는가 하는 생각이 불현듯 들었던 것이다. 그렇다면 이왕지사 자신이 걸어온 배경을 바탕으로 남들과는 다른 주제의 글을 자신이 선호하는 방식으로 써보면 어떨까 하는 생각을 떠올려보았다. 서정성이 풍부하거나 풍부한 인문학적 배경을 바탕으로 하는 서사성이 뛰어난 문학적 수필은 쓸 수 없다 하더라도 나름대로 일반 독자가 공유·공감할 수 있는 주제를 중심으로 하는 글을 써볼 수는 있을 것 같다는 생각이 들어서였다. 그랬다. 용기 내어 생긴 대로 살아보기로 했다. 그리고 남들이 지나쳐버리기 쉬운 주제들을 끄집어내어 글거리로 삼는 데 주력해 보겠다는 용기를 갖게 되었다.

몇 년 전 숙부가 아버지 마지막 유품이라며 전해준 청자화분과 그 속에 담겨 온 가시면류관을 연상하여 쓴 수필(「청자화분과 가시면류관」)을 책 제목으로 정했다. 그러나 책 전체 내용을 아우르는 주제라기보다 대표적으로 내세우고 싶은 글의 제목에 해당한다. 5년 가까이 수시로 습작으로 작성한 글들을 모아놓은 것이어서 일관된 논리로 연계되어 있지는 못한 셈이다. 그러나 전체적으로는 인생 노년기에 선 필자가 사유해 본 인생사계 또는 생로병사라는 큰 주제 하에서 선별한 글들이다.

　제1부는 노년기에 겪거나 사유해 볼 만한 주제를 모아 '망각'이란 부제로 모았다. 죽음에 대한 자기철학이 정립되어야 비로소 남은 인생을 유의미하게 영위할 수 있을 것이라는 생각에서 그리하였다. 제2부는 주어진 여건에서 무엇을 믿고 의지하며 또 헤쳐 나갈 것인가에 대한 사유를 '청자화분과 가시면류관'이란 표제 하에 묶었다. 제3부는 더불어 조화롭게 사는 공존의 방식을 '금낭화'란 부제 하에 묶었고, 그리고 제4부에서는 역사 탐방 및 기타 주제에 관한 글을 묶어 '탄금대'라 하였다.

　이 책은 우선 용인시 문예창작기금 지원을 받아 출판된 것임을 밝혀둔다. 차제에 창작기금지원신청 및 선정과정, 그리고 제반관련업무로 많은 수고를 해주신 용인문협 김안나 회장과 윤문순 사무국장께 깊은 감사를 드린다. 그러나 무엇보다도 곰곰나루 강좌를 운영 중인 단국대학교 박덕규 교수의 관심과 배려가 없었더라면 이 책의 출간은 불가능했다는 점을 밝혀둠과 동시에 베풀어주신 많은 도움에 심심한 감사의 마음을 전하고 싶다. 한편 본서를 계획하고 출판하기까지 교정과 편집 등 전 과정에 걸쳐 자신의 일처럼 애정을 쏟아줌은 물론 지치고 힘들 때마다 용기를 북돋아준 아내 박상옥 교수에게 고마움을 전한다. 마지막으로 부족한 글을 출판할 수 있도록 용단을 내려주신 곰곰나루 출판사 임현경 대표에게 감사드린다.

2024년 9월

이종원

차례

제2부
청자화분과 가시면류관

제3부
금낭화

제4부

탄금대

제1부

망각

백내장

"아버님, 저 청이예요."

"아니 우리 청이는 죽었는데, 청이라니?"

순간 심 봉사의 눈이 '쩌어~억' 열리며…

이 대목은 여러 번 들어도 질리지 않는 심청전의 명장면이다. 당시 심 봉사의 심정이 어떠했을지 가늠할 수는 없지만, 그리고 아마도 그만큼 감동적일 수도 없겠지만, 백내장 수술 다음날 안대를 뗀 후 보이는 세상은, 실로 신천지 같았다.

불과 40대 중반에 노안이 왔다는 말을 안과의사로부터 듣고 충격을 받았다. 이후 가끔 돋보기를 쓰긴 했지만 환갑을 넘을 때까지도 양쪽 눈의 시력 1.0을 유지해 평생 책을 멀리할 수 없는 직업을 가진 내게는 큰 위안이 되었다. 축복이란 놈이 야박해서인지, 정년과 함께 시력은 계단 내려가듯 쇠하여 결국 0.3까지 떨어졌다. 시력마저 정년을 맞는 것일까? 이후 돋보기 없이는 책이나 신문을 읽을 수 없는 지경이 되었다.

같은 경험을 한 친구들에게 '나이 들면 보이는 만큼만 보고, 들리는 만큼만 들으라.'는 것이 신의 계시라고 너스레를 떨기도 했지만, 스스로에게 위로가 되지는 못했다. 이렇듯 물정 모르던 나의 오만도 곧 기가 꺾였다. 핸드폰 화면 내용 확인이나, 갖가지 기능 활용에 필요한 조작이 어려워지면서, 첨단기기가 주는 혜택을 아예 포기하고 살게 되었기 때문이다. 결국 시대에 뒤처지는 노인이 되고 만 것이다. 그것뿐이랴, 백내장이 심해져 텔레비전 화면마저 흐릿하게 보이게 되면서, 보는 즐거움마저 반감되고 말았다.

주위 사람들이 백내장 수술을 권했다. 기술이 발전해 위험도도 낮아졌고, 20분 정도면 수술이 끝날 정도로 간단해져, 구태여 큰 병원에 가거나 유명의사를 찾을 필요가 없다고 했다. 그래도 일곱 번의 크고 작은 수술로 우여곡절을 겪은 적이 있는 나로서는, 용단을 내리기 어려웠다. 더구나 백내장 수술은 단지 혼탁해진 수정체 겉면을 긁어내는 것이 아니라 태생적 수정체 자체를 적출한 뒤 인공 수정체를 삽입하는 것이라는 말을 듣고는 더욱 망설여졌다. 자칫 잘못해 시력을 잃을 수도 있다는 두려움을 떨치기 어려웠던 것이다. 그렇지만 결국 망설임을 떨어버리고, 동네 병원에서 백내장 수술을 받았다.

안구에만 부분마취를 하고 진행하는 수술이어서 전 수술과정을 맑은 정신으로 맞아야했다. 불안감으로 수술 내내 빨라진 맥박을 피부로 느꼈다. 얼굴 위에 드리운 수술용 기기 속, 토끼 이빨처럼 가운데 틈이 벌어진 분홍색 물체를 보라고 하며 의사는 간호사가 건네는 각종기구를 이용해 집도했다. 어느 순간 눈 상단부에 압

력이 가해지더니, 꺼진 TV화면처럼 아무것도 보이지 않았다. 수정체가 빠져나간 듯했다. 이후 풍금 페달에서 나는 펌프질 같은 소리와 함께 소독약과 식염수가 눈 위로 뿌려지는 과정을 거치면서 인공수정체가 삽입되었다. 곧이어 "수술이 잘 되었습니다"라는 의사의 말이 전해졌다.

　수술한 눈에 안대를 하고 애꾸눈이 된 채 집으로 와야 했다. 거리감이 없어져 걷기가 사뭇 불편했다. 배우 김영철이 '궁예'를 촬영하는 동안, 한 눈에 안대를 하고 어떻게 연기를 해냈을지, 존경심이 들었다. 그러나 이러한 불편감은 다음날 아침 안대를 떼어낸 후 말끔히 사라졌다. 평생 겪어보지 못한 체험을 하게 되었기 때문이다.

　처음에는 세상이 너무 환해, 아름답다는 생각이 들 겨를조차 없었다. 생명력 없는, 창백한 흰색으로 뒤덮인 세계처럼 보였기 때문이다. 도수 높은 형광등을 켜놓아 눈이 부시다 못해 뒷골이 띵하고 현기증이 나는 느낌이랄까? 선글라스 없이는 눈이 아려 외출조차 어려웠다. 한여름 땡볕이 내리쬐는 모래사장에 벌거벗은 채 팽개쳐진 어린아이 심정 같기도 했다. 짐짓 자신의 숨겨온 허물이 밝혀질까 두려워 두리번거리며, 주위를 살피는 청년의 심정이 되기도 했다. 마치 "카인아, 네 동생 아벨은 어디에 있느냐"라는 노여움 가득한 하늘의 질타를 피하려, 귀를 막고 하늘을 가렸던 카인의 심정과 흡사하다는 생각이 들기도 했다. 눈이 시릴 정도로 밝은 자연의 본질적 모습에, 부끄러움 없던 동심의 세계가 마음속에 새로이 자리했다.

다음날 다른 한쪽 눈까지 수술하고 나니, 첫날 당혹감으로 맞이했던 세상이 비로소 눈물겹도록 아름답게 다가왔다. 수채화 속 풍경 같은, 믿어지지 않는 세상 모습이 황홀했다. 겨울날 성에 낀 창문을 손으로 문댄 후 보았던 창밖 모습, 비오는 날 뿌옇게 된 자동차 앞 창문을 와이퍼로 닦아냈을 때 트였던 시야보다도 더 선명한 세상이 펼쳐지고 있었다. 극도로 세밀하게 투영된 세상은, 아무리 보아도 실제 같지 않았다. 화소가 높은 카메라로 찍은 사진 속 정물화 같기도 했다. 눈으로 보이는 모든 물체가 인공 구조물 같다는 생각도 들었다. 심지어 산책길 꽃들조차 조화 같아 보였다.

눈이 너무 부셔 선글라스를 썼다. 순간 나는 다시 한 번 놀랐다. 육안으로는 벚꽃들이 살구색이나 연홍색이었는데, 선글라스 속의 그것들은 색 바랜 하얀색에 가까웠다. 그리고 밝은 선홍색 철쭉은, 윤기 없는 주황색으로 보였다. 넋 나간 사람처럼, 지나가는 행인들의 이목을 무시한 채 색안경을 썼다 벗기를 반복해가며, 확인하고 또 확인해 보았으나 확실했다. 당연히 색안경으로 보는 세상은 실제와 다를 수밖에 없지만, 육안으로 본 모든 색들이 색안경 속에선 퇴색한 모습으로 투영되고 있다는 또 다른 사실에 경악했다. 아 그렇다면 그간의 인생행로에서 내가 보아온 세상은, 실체와는 이토록 다른 것이었단 말인가? 마음 한편으로, 어쩌면 그보다는 이념과 편견 등으로 오염된 마음의 눈으로 혼탁해진 세상을 보아왔다는 생각도 들었다.

문득 색맹인 사람들이 보는 세상은 얼마나 다를까, 그리고 색깔을 구분 못하거나, 볼 수 있는 색깔이 인간과는 다른 동물들이 보는 세상은 또 어떠할까 궁금해졌다. 그렇다면 사물과 인간의 실체적 진실은, 어떻게 해야 제대로 볼 수 있을까? 꼬리를 물고 떠오르던 의문은, 급기야 '만약 마음 속 눈에도 인공수정체가 있다면'이란 상상으로 이어졌다. 그리고 그 것이 한 세상 살아오는 동안, 사회적 편견과 아집 등으로 혼탁해졌다면, 혹시 심안(心眼)이라는 새로운 수정체로 바꿀 수 있는 방안은 없을까? 불교에서 말하는 다섯 단계의 안력(眼力)중, 법안(法眼)이나 불안(佛眼)에는 이르지 못하더라도, 가시적인 물질의 색만을 볼 수 있는 육안(肉眼)을 넘어, 공(空)의 원리를 볼 수 있는 혜안(慧眼)을 터득할 수 있는 지혜를 곰씹어 본다. ─『용인문단』 제27호(2023.12)

냄새

"날래 엎디시라요."

"글카구, 엉덩이를 까시라요."

북한 여성 의료인이 오른쪽 발목에 부상을 입고 응급처치를 위해 찾은 내게 건넨 말이었다. 속절없이 엉거주춤 바지를 내리자, '찰싹' 하는 소리와 함께 주사기가 꽂혔다.

2004년 금강산 관광길이었다. 해금강과 금강문 그리고 옥류폭포를 관람한 후, 전날에 이어 금강산 온천장을 찾았다. 꿈에 그리던 비로봉 연봉을 한눈에 조망하며, 노천탕에서 하루의 노고를 푸는 즐거움을 만끽하기 위해서였다. 그런데 이게 웬일, 전날 여탕이었던 곳으로 안내하는 것이 아닌가. 남탕과 여탕을 하루씩 바꿔 가며 사용한다고 했다. 이러한 풍습은 일제 때부터 유래되어 왔다는 설명도 있었다. 그렇게 해야 성별 특유 냄새가 없어지고, 건강에도 좋기 때문이란다. 마치 실수로 여자 화장실을 들어갔을 때와 같은 당혹한 심정으로 탕에 들어갔다. 갑자기 여성들이 몰려나올 것만 같은 생각으로 두리번거리다 그만 발을 헛디뎌 넘어지고 말았다. 결국 안내원의 도움으로 응급실로 향했고, 다음날로 예정된 본격적인 만물상 등반은 포기해야 했다.

　귀로에 금강산 온천에서의 남녀 욕탕 번갈아 사용하기, 그리고
아직도 남아 있는 일본의 남녀 혼욕 전통의 진실은 과연 무엇인
지 곰곰 생각해 보았다. 문득 남자 혼자 사는 집에서는 홀아비 냄
새가 나고 여자 혼자 사는 집에서는 과부 냄새가 나지만 남녀가
함께 살면 중화가 되어 괜찮다는, 말하자면 섞임의 미학이란 속
설이 연상되어 짐짓 고개가 끄덕여졌다.
　성별과는 상관없이 연령에 따라서도 다른 냄새가 난다고 한다.
어린아이에게서는 젖내가 나고, 청소년들로부터는 시큼털털한
땀내 비슷한 냄새가 난다는 것이다. 그렇지만 대다수 사람들은
이에 거부감을 갖지 않는다. 그런데 유독 퀴퀴한 노인 냄새는 역
겹다고 한다. 자칫 노추 현상과 더불어, 노인 기피 현상을 가중시
키는 요인이 되기도 한다.
　노인에게서 나는 노인 특유의 냄새는 노년기에 생성되는 이른
바 '노넨알데하이드'가 원인이라는 가설이 제기되었으나, 근거가
없는 것으로 밝혀졌다. 그보다는 각종 분비물이 줄어들어 신진대
사가 제대로 안 될 뿐만 아니라, 활동량마저 줄어들면서 노폐물
이 원활하게 배출되지 못하는 데 기인한다는 논리가 보다 설득력
있어 보인다. 신체적 활력의 감소는 기본적인 위생 관리나 사회
활동까지 위축시키면서 이러한 현상을 가속화시킬 가능성 또한
크다. 이로 인한 이른바 노인 냄새란 노년기에 접어들면서 자연
적으로 생기는 것이어서, 남녀 불문하고 누구도 피할 수 없는 것

이다.

　정년을 맞을 당시 한 선배가 들려 준 애기가 생각난다. 평생 해온 일은 말끔히 잊고, 개똥철학이나 종교적 환상도 훌훌 털어버리고, 대신 그 동안 하고 싶었으나 할 여력이 없었던 일을 즐겁게 찾아 나가라 했다. 아울러 앞으로 노인으로서 지켜야 할, '7up'을 명심하라는 유머까지 전해 주었다. 첫째, 'clean up', 몸을 청결히 하여 노인 냄새 없애기. 둘째, 'make up', 화장으로 노티 감추기. 셋째, 'dress up', 말끔한 옷으로 단장하기. 넷째, 'show up', 어떤 모임이든 불러주면 열심히 참석하기. 다섯째, 'cheer up', 일단 참석하면 즐거워하기. 여섯째, 'give up', 절대로 남을 설득시키려 들지 말기. 마지막 일곱 번째로는 'shut up', 입 닥치기.

　조언이 새삼스럽다. 그중에서도 냄새 문제가, 첫 번째 유의 사항이었다는 것이 못내 씁쓸했다. 향수 냄새가 심하게 나는 여성들을 볼 때마다, 유흥업소 종업원 냄새가 난다며 얼굴을 찡그리곤 했던 내게, 딸들이 언젠가부터 생일 선물로 향수나 화장품을 전해 주었다. 처음에는 의아하다 못해 당황스럽기도 했는데, 요즈음에는 은근히 기대까지 하게 된다. 선배의 조언이 더 이상 유머가 아니게 된 것이다.

　후줄근한 옷, 구겨진 모자, 그리고 유행 지난 운동화 차림을 한 노인들이 경로석에 앉아 생기 없이 졸고 있는 모습은 전철 안에서 흔히 볼 수 있는 광경이다. 같은 노인의 입장에서도 결코 유쾌한 모습은 아니다. '지공거사'(지하철을 공짜로 탈 수 있는 노인을 우스갯소리로 한 말)란 말에, 결코 어울리지 않는 모습을 볼 때마다, 젊은이들은 어떤 생각을 할까 궁금하다. 어린아이들은 무슨 짓을 하든 귀엽기만 하고, 젊은이들은 무엇을 걸치든 멋있어 보인다. 젊음 자체가 아름다워 보이는데, 유독 노화만은 달라 보이는 것은 무엇 때문일까? 게다가 노인 냄새에 대한 혐오감까지 더해지는 것을 목격하면서, 적지 않은 연령대에 이른 나로서는 마음이 불편해지곤 한다. 어느 날 지하철 안에서 얼핏 들었던, 중년 여성들 간 속삭임이 쉽사리 잊히지 않는다. 노인 냄새가 나서, 경로석 자리는 비어 있어도 앉고 싶지 않다는.

생전에 어머니 방에 들어갈 때마다 나곤 했던, 아들로서도 견디기 힘들었던 냄새는 지금도 생생하다. 그런데 그 당시 놀라웠던 사실은, 외국에 나가 있던 딸들이 방학동안 돌아와 할머니 방에 들락거리다 보면 그 특유의 노인 냄새가 사라지곤 했다는 점이다. 남녀 간은 물론 세대 간에도 상호 교류가 선사해 주는 자연의 섭리가 경이로웠다.

노쇠한 용모나 활동력 때문에 노인을 아름답다고 보기는 어려워 보일지 모른다. 하지만 현시대의 노년층은 자손을 위해 모든 것을 희생하는 것을 미덕으로 알고 살아 온 세대이기에 상당수가 경제력마저 소진된 채 무기력한 존재로 전락한 측면도 있다. 평생을 수고해 준 부모님들의 고단한 신체적 내음에 고개 돌리지

않고 감사와 배려로 감싸 안는 섞임의 미학을 발휘할 수는 없는
것일까?

　　― 대표에세이문학회, 『존재와 시간: 대표 에세이 서른아홉 번째 이야기』(2022.

　　　12.22.)

당신은 누구십니까?

　지난 봄 처제의 막내아들이 부모와 지인들의 반대를 무릅쓰고 3년여 열애 끝에 암 투병 중인 환자와의 결혼을 강행했다. 불행하게도 신혼 첫날밤부터 신부가 응급실로 실려 가는 곤욕을 치렀다. 이후 치료과정에서 의사로부터 절망적인 진료소견을 들어야 했다. 무모한 결단이었고 예견된 참사였지만 집안 모두가 아연했다. 실낱만한 가능성만 있더라도 무엇이든 해보고 싶다는 조카를 지켜보며, 얼마 전 한국에서도 시행에 들어간 냉동인간화 생각이 얼핏 들었다. 물론 기술적 수준 측면에서 볼 때 아직 성공 가능성이 희박한 단계에 머물러 있는데다 막대한 비용을 요하는 일이었기에 입 밖에 내볼 일도 아니었다. 결국 조카며느리는 영영 이별을 고하고 말았다.

　2020년 5월 8일 어버이날로 기억된다. 국내 최초의 냉동인간이 탄생했다는 놀라운 소식이 언론을 통해 전해졌다. 냉동보존 (Cryonics)을 주관하고 있는 크리오아시아 측은 국내 최초 냉동인간의 성공적인 환생을 위해 최선을 다할 것이라 했다. 아울러 불원간 한국의 냉동보존 산업은 새로운 전환점을 맞이하게 될 것이라는 자신감까지 피력했다.

이러한 그들의 당찬 포부는 내겐 단지 희망사항에 불과하다는 생각이 들었다. 인간 냉동화의 효시가 된 미국의 심리학자 베드퍼드가 간암으로 시한부 인생을 살던 중 75세가 되던 1967년, 미래에 암 치료법이 나올 때까지 영하 196℃의 질소탱크 속에 들어가기를 자청했다. 이후 미국에서만도 애리조나 주의 냉동인간 회사인 '알코어'를 비롯하여 네 곳에 100여 명이 냉동인간화되었다. 기타 선진국에서도 비슷한 사례가 보고되고 있다. 그러나 아직 이들 중 해동을 시도하거나 성공한 경우는 없다.

냉동인간화는 호흡이 멎었더라도 세포를 살려둘 수 있는 한 인간이 다시 소생할 수 있다는 논리에 근거하고 있다. 냉동화는 환자를 먼저 마취한 다음 몸 전체 온도를 떨어뜨려 세포가 괴사하는 것을 막는 한편, 혈액을 인공적으로 교체하되 특수 액을 몸속에 넣어 순환시킴으로써 세포막이 터지는 것을 방지할 수 있다고 한다. 이 후 질소를 뿌려 냉동 처리하고 특수 제작한 저장 탱크에 보관하면 되는데 이렇게 처리된 육신은 생체시간이 멈추어 세포가 노화하지 않는 상태로 보존될 수 있다는 것이다. 제반 여건 상 경우의 수는 있겠지만, 의학이 발달한 미래에 다시 소생시켜 병변을 제거함으로써 생명을 연장시킬 수 있다고 믿고 있는 것이다.

인체 냉동보존 주창자들에 따르면 신장 등 일부 기관 경우에는 일정 기간 냉동해 두었다가 다시 정상 온도로 되돌리면 기능이

회복될 수 있다는 사실이 이미 학술적으로 입증된 바 있다고 주장한다. 반면 뇌의 기능, 특히 기억력을 다시 살려내는 일에 대해서는 여전히 회의적인 견해를 가진 학자들이 많다. 즉 대다수 생물학자들은 냉동보존 기간 중 발생할 수 있는 뇌세포에 생긴 손상을 원상회복시키는 기술이 아직 확신할 수 없다는 이유로 냉동인간의 소생가능성에 부정적인 견해를 갖고 있는 것이다. 물론 나노기술의 급속한 발전으로 뇌세포의 손상이 수리될 수 있는 가능성이 점차 커지며 냉동인간 소생에 큰 기대가 쌓여가고 있는 것도 사실이지만.

나 같은 비전문가들 입장에서 보면 냉동화란 그저 동식물을 변질시키지 않고 장기간 보관할 수 있는 방법 정도로 이해하고 있어 냉동화주창자들 견해를 쉽게 수긍하기 어렵다. 해동된 동물이 소생한 연구 결과 또한 아직 보고된 바 없어 더욱 그러하다. 지구온난화에 따라 북극지역의 빙하가 녹으며 그 속에 냉동상태에 있던 각종 바이러스가 다시 살아나 인류에 치명적인 타격을 주고 있다는 사실을 증거로 드는 학자도 있다. 그러나 빙하기에 냉동화 되었던 매머드와 같이 덩치가 큰 동물이나 고등 생물체가 해빙을 통해 되살아난 사례는 찾아볼 수 없지 않은가. 그럼에도 불구하고 냉동인간의 소생 가능성 여부는 앞으로도 계속해서 우리 모두의 큰 관심거리로 남으리라는 것을 부정할 수 없다.

한편 기술적 차원의 냉동인간 소생가능성 여부와는 별도로, 인간 냉동화가 불치병 환자의 현실적 대안적 치료로 자리 잡기에는 많은 난관이 있을 것으로 예상된다. 우선 관련 학계에서 인간성과 인간세계를 위협할 수 있는, 예컨대 냉동 및 해동 과정에서의 뇌세포 복제만큼은 금지해야 한다는 주장을 줄기차게 펴고 있기 때문이다. 또한 종교계에서는 냉동인간의 해동을 소생이나 환생 중 어떤 식으로 인식하든 신의 권리를 침탈하는 행위라 보고 인간 냉동화 금지에 앞장설 것으로 보인다. 특히 해동과정에서 AI를 이용하여 뇌세포를 새로 생성하거나 훼손된 부분을 재생한 뇌세포로 대체하는 행위는 인조인간 창조 내지 복제에 해당한다고 인식하고 있기 때문이다.

신하들을 시켜 전 세계로 불로장생약을 찾아오도록 명령했던 진시황이 아니더라도 무병장수는 우리 모두의 희망사항이다. 영생이 불가능한 일인 이상 오랫동안 건강하게라도 살고 싶은 것이 인지상정이기 때문이다. 물론 인간이 자신의 분신과 같은 자녀를 출산함으로써 영생이란 욕구를 간접적으로 충족시킬 수도 있지만. 여하튼 장수에 대한 인간의 본능적 욕구는 의료기술의 눈부신 발달을 촉진시켜 왔고, 결과적으로 인간의 평균 수명이 괄목할 만큼 늘어난 것도 사실이다. 그렇기는 해도 유의미한 삶이 결여된 상태로 노년을 보내게 된 것 또한 엄연한 사실이다.

무병장수는커녕 누구든 젊어서 예기치 못한 불치의 병으로 요절하는 것은 더더욱 안타까운 일이다. 백년해로해온 배우자를 먼저 떠나보내는 일도 인간이면 견디기 어려운 고통임에 틀림없다. 이처럼 사랑하는 이들을 먼저 보내야 하는 사람들의 고통을 해소해 줄 수 있는 방안의 하나로, 최근 메타버스를 이용한 가상공간에서의 상봉 방법이 주목을 받고 있다. 머지않아 만족할만한 수준으로 발전될 수도 있겠지만 이것이 궁극적으로 무병장수를 염원하는 인간의 욕구를 충족시킬 수는 없을 것이다. 결국 냉동인간화에 대한 연구는 지속될 것으로 보이며 그와 동시에 각가지 부작용이 증가할 것이라는 우려도 점증할 것으로 예상된다.

최근에는 우주여행에 필수적인 조건인 '준 영구적 동면(deep sleep)' 방안에 대한 연구가 주목을 받은 바 있다. 냉동인간화 연구에서 그러하였듯이 이로 인해 인간뇌세포의 재생 및 복제의 당위성 문제에 대한 논쟁이 가열될 공산이 크다. 그러다 보면 혹시 진취적인 학자들에 의해 예컨대 저출산 문제 해소의 일환으로 인공부화나 진배없는 방법까지 허용해야 한다는 주장이 제기될까 두렵다. 아직은 먼 훗날의 일같이 들리지만, 자칫 인조인간을 양산하거나 프랑켄슈타인과 같은 괴물을 탄생시킬 수도 있는 시대가 도래 하는 일은 없기를 기원할 뿐이다.

이런저런 생각 끝에 냉동인간의 해동과정과 관련하여 상상의 나래를 펴본다. 만약 해동이 성공한다면 제일 먼저 반응을 보이는 곳은 손발가락일까? 아니면 눈을 먼저 뜨거나 입이 먼저 움직이며 말부터 할까. 그리고 해동 시 아들이나 손자들이 자신들보다도 젊어 보이는 부모나 조부모와 상면하게 된다면 어떻게 대응할까. 이런 식의 의문이 꼬리에 꼬리를 물고 마음속을 맴돈다. 그런데 이러한 상상은 결국 보다 본질적인 차원의 의문으로 수렴될

것이라 믿는다. 뇌사 상태에서 육신을 냉동화시켰을 때 일단 영
혼이 빠져 나간 것으로 인식한다면, 해동으로 다시 살아난 육신
에는 떠나갔던 영혼이 다시 돌아오는 것인지, 아니면 새로운 영
혼이 들어와 새로운 사람으로 재탄생하는 것인지 여부가 초미의
관심사가 될 것이기 때문이다. 그래서 해동된 인간이 말문을 여
는 단계에 이르게 될 때, 제일 먼저 우리가 묻게 될 질문은 아마
도 다음과 같은 것이 되지 않을까 싶다.

'당신은 누구십니까?' ─ 2022년 12월

사후세계 산책

장모가 98세를 일기로 타계했다. '비록 육신은 땅에서 나와 땅으로 돌아가지만 고인의 영혼은 천국에서 영원한 안식을 얻을 것'이라는 목사의 축원이 그날따라 새삼스레 다가왔다. 입관에 앞서 마주한 장모의 시신은 평화로워 보이기는 하였으나 생명력 없는 밀랍인형 같았다. 영혼이 빠져나가 버려서일까? 그렇다면 죽은 이들의 영혼이 안식할 사후 세계라는 것이 존재하는 것일까?

만족스런 답을 얻을 수 없는 것을 뻔히 알면서도 문상을 받는 사흘 내내 떠오르는 해묵은 의문을 떨쳐낼 수 없었다. 제일 먼저 떠오른 생각은 흔히 죽었다 살아났다는 사람들의 얘기, 즉 근사체험담이었다. 그들은 하나같이 사망 판정을 받는 순간 자신의 영혼이 육신을 떠나 자신의 죽음을 슬퍼하는 가족과 지인들을 내려다보고 있었다는 얘기, 이들에게 말을 걸려고 애써보았지만 뜻대로 되지 않아 안타까웠다는 얘기 등으로 시작해서, 저승으로 가는 강을 건너다가 이러저러한 사유로 되돌아오게 되었다는 식의 얘기를 전해 주곤 했다. 그런 지경에 가보지 못한 나로서는 시시비비를 가릴 수는 없으나, 혹 그들이 이런 유형의 얘기를 사전에 전해들은 경험이 있었기에 가사상태에서 환상을 보게 된 것은 아닐까 하는 의문만 맴돌았다.

반면 근사 체험자들의 삶에 대한 태도가 매우 긍정적으로 변하거나, 그들이 죽음에 대한 두려움을 거의 잊은 채 일상사에 대해 감사하는 태도를 보였다는 증언에 접하다 보면, 그들의 주장이 마냥 허구만은 아닐 것이란 생각은 들었다. 그렇다고 육체와 분리된 의식이 존재하며 눈에는 보이지 않는 영(spirit, soul)의 세계가 실존한다는 논리가 선뜻 받아들여지지는 않았다.

유가족들로 붐비는 화장장에 이르러 다소 진정된 듯싶었던 사후세계에 대한 의문이 증폭되기 시작했다. 동시에 아무리 요즈음 화장이 대세를 이루고 있다지만 여전히 마음 한 구석에 섬뜩한 생각이 연상되는 것은 어쩔 수 없었다. 장모의 화장 순서가 임박할 즈음 체외이탈이란 방법으로 영계를 탐험하고 돌아와 체험세계를 전할 수 있다고 하는 소위 신비가(또는 신비주의자)들의 주장이 떠올랐다.

인간의 영혼은 없어지는 것이 아니고 일정한 파동의 에너지체로 변형되어 존재하게 된다고 했던가. 영혼의 세계에서는 모든 것이 파동으로서만 존재하는데, 사후 영혼이 일단 도달할 장소는 중력(진동수와 같은 의미를 갖는 '도덕적 특이 중력')에 의해 결정되며, 이승에서 사는 동안 그 사람이 지녔던 선한 정도나 결핍 등에 따라 형성된다고 했다. 단 이렇게 형성된 죽은 자들의 주파수는 산 사람들과 다르기 때문에 사후 지상의 유족과 소통할 수는 없다고도 했다. AM 수신기로는 FM 방송을 들을 수 없는 것과 같은 이치라고 했다. 입증할 방법은 없는 논리이지만 죽음으로 모든 것이 끝난다고 믿기엔 너무 서운하고 허무하다는 생각이 절실했던 순간이라 다시 한 번 곱씹어 보았다. 비록 교통할 수는 없다 해도 파장의 형태로나마 고인이 존재할 것이란 생각은 다소나마 위안이 되었기 때문이다.

사실 내가 오래 전부터 신비가들 주장에 관심을 가져 온 것은 귀가 솔깃해질 만한 내세관 때문이었다. 그들이 영계 탐험을 통해 체험한 바에 따르면 사후영역에는 잘못을 정죄하는 심판관이나 형벌도 없고, 천당이나 지옥도 존재하지 않는다는 것이다. 종교란 단지 인간이 창조한 개념에 불과하다는 신념을 가지고 있는 나의 정서에 딱 들어맞는 논리였다. 그들의 주장은 인간에게 죽음 이후 세계에 대한 불안감을 다소나마 해소시켜줄 수 있다는 차원에서도 긍정적으로 다가왔다. 물론 이승에서의 일체 비행이 불문에 부쳐진다는 논리로만 이해할 경우, 자칫 이승의 사회질서를 근본적으로 흔들어 버릴 수 있는 위험성을 내포하고 있어는 보였다. 그러나 인간이 사회질서 유지 차원에서 정립하여 강제하고 있는 윤리나 도덕관념이 자연 질서와 일치할 수는 없지 않을까 반문해 보기도 했다.

고인의 시신이 화장을 거쳐 한줌의 유골로 우리 품에 안겨졌다. 기념이 될 만한 가족사진을 두 주일 후 가져 오면 봉안함 박스 안에 비치해주겠다는 안내 말을 뒤로 하고 귀가했다. 겨우 사흘간 비워둔 집이 을씨년스럽기 짝이 없었다. 누구보다 슬픔에 힘겨워

하는 아내를 뒤에서 꼭 안아주었다. 장모님은 이제 이 세상 모든 걱정에서 벗어나 평온한 세상에서 안식하실 거라면서. 아내는 선산에 있는 아버지와 합장하는 대신 화장한 것이 못내 마음에 걸린다고 했다. 나는 영혼의 세계가 있다면 비록 육신의 유해는 떨어져 있어도 그곳에서 두 분이 다시 해후했을 것이라는 얘기로 다독이며 오래 전부터 관심을 가져온 영매 얘기를 전했다.

예언가로 불리기도 하는 세칭 영매들은 미래학자나 최면 퇴행자과는 달리 스스로 최면 상태로 진입한 후, 내담자들을 '리딩(reading)' 함으로써 다른 사람들의 전생을 읽어내는 사람들이다. 그중 세간의 지대한 관심을 끌었던 대표적인 영매, 에드가 케이시가 정리한 2500여회의 리딩 자료를 심리학자 지나 서미나라(Gina Cerminara) 박사 등이 분석한 결과가 『윤회』란 제목의 책으로 발간한 바 있다. 특이하게도 서미나라 박사는 수많은 사례 분석에 근거하여 윤회설에 대해 지지입장을 취하고 있었다. 즉 영혼은 사라지지 않으며, 거듭되는 환생을 통해 진보와 퇴보를 거듭한다는 결론을 제시하였던 것이다.

윤회설에 대한 믿음이 없는 내가 이들의 분석내용에 주목했던 것은 다른 데 있었다. 우선 사후세계에 관한 인식에 있어 영매들 또한 신비주의자들처럼 전통적 종교가 주장하는 사후 세계의 형상과는 달리, 원죄나 천당 그리고 지옥은 물론, 영혼의 심판과 형벌과 같은 개념도 존재하지 않는다고 주장한 점이다. 이승의 인간사회 문화가 창출한 전통적 종교적 윤리관과는 차별화된 내용을 선사해 준 진취적 인식이란 점에서, 그리고 인간의 죽음에 대한 두려움을 일부나마 완화시켜 줄 수 있는 논리의 제공이라는 측면에서 특기할 만했기 때문이다.

정작 이보다 더 나의 관심을 끌었던 것은 영매, 리사 윌리엄스 (Lisa Williams)가 자신의 책 『죽음 이후의 또 다른 삶』에서 죽음을 맞는 순간 영혼의 인식과 관련하여 매우 고무적인 해석을 내리고 기록한 내용이다. 오토바이 사고로 급사한 아들과 소통하고 싶다는 내담자에게, 오토바이 사고가 나는 순간 아들은 몸 밖으로 튀어나와, 즉 체외이탈을 통해 충돌이후 일어나는 광경을 지켜보았기에 아무런 고통도 느끼지 않았다고 전했던 것이다. 그 이야기를 듣고 어머니는 크게 위안을 얻었다고 한다. 그의 주장대로라면 사망 직전에 영혼은 체외로 이탈할 것이어서 남겨진 시신은 화장을 해도 아무런 고통을 느끼지 않았을 것이라며 아내를 애써 위로했다.

사후세계에 대한 다양한 주장을 그대로 신봉할 것인지 여부는 어디까지나 개인적인 선택에 달려 있을 것이다. 그러나 죽음은 끝이 아니고 다른 차원으로의 이동이라는 인식, 죽음이라는 통로를 통해 육신을 벗고 비물질계로 이동해서도 우리들의 영혼은 성장을 이루어간다는 인식, 나아가서는 이러한 과정의 반복인 윤회론을 어느 정도 수용하는 열린 마음을 갖고 있다면, 죽음이 모든 것의 끝이고 따라서 인생은 무의미하다는 생각에서 어느 정도 벗어날 수 있겠다 싶기도 했다.

장례 절차를 모두 마치고 나니, 장모를 떠나보내는 과정에서 떠올렸던 사후세계에 대한 사색은 차후 주어진 삶의 의미와 이유를 탐구해 나가는 여정에 도움이 될 것이란 생각이 들었다. 모름지기 죽음에 대한 사유는 철학의 시작이라고 하지 않았던가. 죽음을 어떻게 인식하느냐에 따라 어떻게 인생을 영위해 나갈지에 대한 답을 얻어낼 수 있을 것이란 생각으로 마음을 추슬러보았다.

— 2022년 10월

어르신

어르신이란 원래 남의 부모를 높여 부르는 말이라 정의하지만 일반적으로 노인을 높여 부를 때 쓰인다. 그런데 때로는 이 호칭이 노인을 짜증스레 부를 때 쓰이기도 한다. 말귀가 어둡고 행동이 굼떠 대화 당사자가 답답한 나머지 언성을 높이다 보면 그리되는 듯하다. 이런 광경을 목격하다 보면 혹시 이것이 노령화 시대에 즈음한 노인에 대한 인식 변화에 연유하는 것이 아닐까 하는 걱정이 앞서기도 한다.

오늘날의 노년층은 자식을 위한 희생과 부모에 무한대적 책임을 당연시하며 살아온, 그리고 자신의 노후준비 따위를 염두에 둘 겨를조차 없이 헌신적인 삶을 영위해 온 세대이기에, 다수가 노령에 이르러 사회빈곤층으로 전락하고 말았다. 뿐만 아니라 사회 복지 비용이 급증하는 시대적 상황과 맞물리면서 후속세대에게 부담으로 인식되는 경향이 강해졌다. 그러다 보니 어르신이라 부르지만 노인에 대한 존중과는 거리가 먼 뉘앙스를 풍기는 경우가 종종 있는 것 같다.

한 중견 정치인이 유세과정에서 60세 이상 노인들을 폄훼하는 말을 했다가 역풍을 맞은 적이 있기는 하다. 반면 노인의 자동차 사고율이 높아지고 있다는 이유로 얼마 전부터 노인에 대한 교통 안전 교육 및 적성 검사가 강화되었다. 노인으로선 불편해도 감수해야 할, 일면 불가피한 조치란 생각이 든다. 그런데 최근 정부가 노인(70세 이상)들의 야간 또는 고속도로 주행까지 금지하는 안을 준비 중이라는 뉴스를 접하다 보니, 80을 코앞에 두고 있는 입장에서 당황스럽기 이를 데 없다. 개인적으로는 운전하는 것이 점차 신경이 쓰여 차 운행을 자제하고 있고, 가능하면 대중교통을 이용하려고 노력하고 있다. 운전이 위험하고 부담스럽게 느껴지면 이처럼 스스로 운전을 삼갈 것이고, 노령층 자동차 보험료율을 상향 조정하는 방법을 통해서도 자동차 운행을 억제해 나갈 수 있을 터인데, 거두절미하고 특정 지역이나 시간대에 노령 층 전체의 자동차 운행을 원천적으로 제한하자는 법 제정까지 서두를 필요가 있는 것인지 반문하고 싶다.

2021년 조선일보 신춘문예 희곡 당선작을 읽다가 경악했던 적이 있다. 비록 픽션이지만 80세 이상 된 노인들에 대한 고려장이 법으로 강제되고 있다는 전제 하에 내용이 전개되었기 때문이다. 혹 젊은이들이 80세 이상 된 노인들을 고려장이나 지내야 할 쓸모없는 대상쯤으로 인식하는 것은 아닌가 싶어 가슴 한 쪽이 구멍이 뚫린 듯 시리다. 마치 연식이 오래된 자동차를 폐기해 버리듯 노인들을 사회로부터 격리할 필요가 있다고 느끼는 젊은이가 많아진 것으로 이해해야 할까. 젊은 계층 대다수는 이러한 발상에 동의하지 않으리라 믿고 싶다. 그러면서도 나 스스로가 그러한 인식 대상 중 한 사람으로서 과연 어떻게 처신하며 노후를 영위해 나가는 것이 현명할지 숙고하게 된다.

노년은 육체적 능력의 퇴화와 각종 질병에 시달리며 살아야 하는 시기이다. 극히 일부를 제외하고는 경제적인 측면에서도 어려움이 가중되는 세대이기도 하다. 나이는 숫자에 불과하고 마음은 청춘이라 강변하지만, 급격히 떨어지는 체력과 기억력에 좌절하다 보면, 제2의 인생을 열어보겠다던 은퇴 시의 결기는 힘을 잃고 만다. 석가모니가 '생로병사'를 인간의 4대 고통이라 했다는데 노화의 서러움을 이 나이 되고서야 비로소 실감한다.

괴테의 노년에 대한 글이 새삼스레 다가온다. 일찍이 그는 노인이 스스로의 삶을 의미 있게 하기 위해서는, 시간경과에 따라 부패해 버리는 대신 발효하는 음식이 될 수 있도록 처신할 것을 권장한 바 있다. 단순히 나이만 먹는 대신 마음과 머리가 성숙해지는 원로의 길을 제안했던 것으로 이해된다. 그는 상대에게 간섭하고 잘난 체하며, 지배하려고 들지 말고 스스로를 절제할 줄 알고, 알아도 모른 체 겸손하며, 느긋하게 생활할 것을 권고하기도 했다. 아울러 그는 자기가 최고라는 생각으로 더 이상 배울 것이 없다고 행동하는 대신 언제나 배워야 한다고 생각하는 자세를 가지고, 나아가 심신 단련에도 최선을 다해야 한다고 말했다. 황혼에도 열정적인 사랑을 나누었던 괴테의 노년에 관한 단상은 두고 두고 되새김해 볼 만한 금과옥조 같은 지혜였다는 생각이 다시금 든다.

모름지기 진정한 어르신이 되기 위해서는 그저 겉모습이 늙어가는 것을 슬퍼하는 데 머무르지 않고 속마음이 충만한 능동적 삶을 영위해 나가기 위해 최선을 다해야 할 듯싶다. 그리함으로써 스스로의 존재 가치를 고양할 수 있을 뿐만 아니라, 후손에게 의미 있는 정신적 유산도 남겨줄 수 있으리란 생각이 들기 때문이다.

그러자면 우선 나 스스로가 남으로부터 이해받기를 바라기 앞서, 남을 먼저 배려하고 아량을 베푸는 생활부터 정착시켜 나갈 필요가 있을 것 같다. 쉽지는 않겠지만 그간 살아오면서 몸에 밴 아집이나 과거 윤리의식에 집착하지 말고 새로운 추세를 이해하고 적응해 나가는 노력도 게을리 해서는 안 될 것이고. 그리해야 비로소 주위에 많은 지인들을 두고 활발하게 일상을 즐기기도 하고 예우도 받을 수 있는 노인으로 거듭날 수 있지 않을까. 그리고 이 경지에 이르러야 비로소 진정한 어르신이라 불릴 수 있으리라 믿는다. 소설가 박경리가 자신은 청춘으로 돌아가기 싫다며 현재의 노년에 만족한다는 말을 당당하게 내세웠던 것이 생각난다. 추색 낙엽이 아니라 찬란한 단풍으로 만년을 수놓으며 어르신으로 승화한 작가의 울림이 새삼스레 다가온다. — 2024년 1월

비우고 싶다

　지인이 '카톡'으로 보내 온 출처조차 모르는 '펌' 글이었는데, 읽고 나니 가슴이 먹먹해졌다. 자신의 아파트 같은 라인에 살았던 어느 교수에 관한 얘기였다. 정년 직후에는 부부가 다정하게 산책도 했고, 딸 사위가 자주 찾아와 함께 외출도 했으나, 부인이 타계한 후에는 쓸쓸히 단지 내를 홀로 서성이는 모습이 눈에 뜨이곤 했는데, 언젠가 부터는 그런 모습마저 보이지 않았다는, 어쩌면 우리 주위 어디선가 볼 수 있음직한 얘기로 시작된 글이었다.

　그러던 어느 날 아파트 주차장에 커다란 '탑' 차가 나타나더니 그 교수 것으로 짐작되는 책과 책장들, 값깨나 나가 보이는 가구와 그림들, 심지어는 박사학위 학위모를 쓰고 찍은 사진과 단란해 보이는 그의 가족사진들을 쓰레기처럼 실어가더란다. 결국 그가 타계하였음을 확인해 준 셈인데, 생전에 많은 애착을 쏟았을 소장품들이 폐품처럼 내동댕이처지는 모습에 마음이 짠했단다. 무엇보다도 교수와 그 가족사진들이 구겨지다 못해 무참히 찢겨나가는 모습을 목격하면서 마음이 아팠다고도 했다. 차라리 태워

버리지 않고 저리 내팽개쳐버렸는지 자식들이 원망스럽다는 생각까지 문득 들었단다. 이런저런 생각 끝에 혹시 자식들이 앞서 떠난 것은 아닐까 하는 의아심이 들었고, 그래서 애지중지하던 소장품들이 저토록 무자비하게 버려질 수밖에 없었구나 싶어 허망감에 빠졌다는 소회를 전한 글이었다.

감동적인 영화나 영상을 본 것도 아니고 단지 한 단락 정도의 '펌'글을, 그것도 나와 전혀 상관없는 사람에 대한 얘기를 전해들은 것뿐인데, 내게 이토록 충격적으로 다가왔던 것은 어인일일까. 노령기에 들어서며 마음속에 켜켜이 쌓여 온 고통의 감정 선이 건드려진 것일까. 마음을 추스르며 서재와 거실을 새삼스레 둘러보았다. 순간, 그간 내게 큰 의미를 부여했던, 그래서 고이 간직해 온 눈앞의 많은 사물들이, 내가 죽고 나면 결국은 쓰레기처럼 버려지고 말 것이란 생각이 엄습하면서 마음 한 구석이 시려왔다. 그나마 이렇다 할 정도로 값이 나갈 가구나 소장품이 별로 없다는 사실이 위로가 되기는 했다.

시장 가치와 상관없이 내가 아직도 붙들어 두고 있는 것의 대부분은 책이다. 추억의 사진첩과는 다른 차원에서 정서적 유대감이 큰 책들에 대한 애착이 남다를 수밖에 없기 때문이다. 기회 있을 때마다 정리했음에도 불구하고 여전히 많이 남아 있다. 예전에는 도서관에 기증하거나 학생들이 가져갈 수 있도록 연구실 앞에 전시하여 처분할 수 있었다. 그러나 디지털 문화가 일반화된 현재는 사정이 사뭇 다르다. 몇 년 전 고심 끝에 고이 간직해 온 나머지 책들도 모두 처분해버릴 심산으로 중고서적상을 불렀던 적이 있다. 그런데 그가 전문서적은 결국 휴지로 분류될 성격의 것이어서 저울로 무게를 달아 값을 쳐주겠다고 하여 황당했다. 수집상의 무례함 때문만은 아니지만 결국 직접 저술한 책들을 포함해 내 인생의 현재를 가능케 해준 소중한 책들을 엄선하여 지금까지 껴안고 있다. 하지만 언젠가는 한낱 휴지처럼 폐기될 수밖에 없는 것들을 위해 내가 평생을 바쳤다는 생각을 떨쳐낼 수는 없어 자괴감이 든다.

인생사 마감하기 전에 처분하고 비워내야 하는 것은 모름지기 사물에 한정된 것은 아닐 것이다. 어찌 보면 진정한 비움은 마음속의 세속적 욕심에서부터 시작해야 될 듯싶다. 그럼에도 불구하고 나와 내 가족이 켜켜이 쌓아온 인생사 또한 내가 죽고 나면 머지않아 아무도 기억하지 못하게 될 것이란 생각이 들 때마다 절망하곤 한다. 내가 이 세상에 왔다 간 이유마저 알지 못한 채 세상을 하직하게 될 숙명임을 심정적으로 받아들이기 어렵기 때문이다. 내가 없어도 해와 달은 뜰 것이고, 그렇듯 세상은 돌아갈 것이며, 남겨진 인간들의 자기만족을 위한 아귀다툼은 계속될 것인데, 과연 나는 무슨 의미로 남겨질 것인가. 나의 향후 행로 또한 '펌'글의 대상이 된 교수의 마지막 행보와 별반 다르지 않을 것이란 생각에 마음이 처연해진다. '죽은 후 천추만세까지 이름을 남기는 것은 살아생전의 탁주 한 사발 대접받는 이보다 못하다'는 이규보의 시구(詩句)를 애써 소환해 가며 속절없이 스스로를 위로해 본다.

　어머니 6촌 남동생이니 내게는 외재당숙이 되는 분이 계셨다. 촌수에 맞는 호칭이 낯설어 그저 아저씨라 불렀다. 이름만 대면 알만한 유명 인사였다. 내 기억으론 아저씨가 칠순을 넘긴 즈음부터 재산을 정리하여 자식들에게 증여하고 가구나 생활용품도 최소한으로 줄여 나갔던 것 같다. 그러던 중 본인의 마지막이 가까워졌다는 판단이 선 시점에 이르러서는 지인들과의 연락을 완전히 끊은 상태에서 반년 정도를 지내다 타계했다. 생전에 분기별로 한번 정도씩은 나를 불러내어 점심을 사주며 격려까지 해주었던 분인데 임종사실을 사후에 통보받고 보니 서운했다.

　장례식장에 당도해 보니 문상객은 우리 내외뿐인 듯했다. 언론에 사망사실을 철저히 비밀로 하였기에 누구도 아저씨가 타계했다는 것을 알지 못한 것 같았다. 문상객을 원천적으로 막아버린 셈인지라, 장례비 부담이 자식들에게 돌아갈 것을 감안하여, 자신의 장례비를 충분히 남겨두고 떠나는 치밀함까지 보였다는 말을 아주머니로부터 전해 들었다.

　아저씨가 돌아가신 지 일 년 정도 후였다. 아주머니로부터 점심을 같이 하고 싶다는 연락이 왔다. 아저씨가 마지막에 인사도 제대로 못하고 떠나게 되었다면서, 나중에 우리 부부에게 아주머니가 대신 식사대접을 하라는 유언을 남겼다고 했다. 그날의 만남 후 불과 몇 달이 채 안 된 시점에 아주머니가 소천했다는 연락을 받았다. 역시 친인척 가족 외 문상객은 우리 부부뿐이었다. 아저씨 전철을 그대로 밟은 장례식이었다.

지인으로부터 받은 '펌'글을 읽으며 잠겼던 상념 끝에, 불현듯 아저씨 내외의 마지막 순간이 되살아나자, 나는 비로소 평온을 찾을 수 있었다. 형식은 다소 다를 수 있으나 나도 아저씨 내외분처럼 마지막 떠나는 자리를 비움으로 마감할 것을 다짐해 보면서였다. 정작 죽은 자는 아무런 고통도 느끼지 못할 것이고, 슬픔은 오직 남겨진 사람들의 몫이 될 것이라 생각할 수도 있지만, 비움은 이들의 아픔까지도 덜어줄 수 있으리라는 믿음이 생겼기 때문이다. ─『종이배에 별을 싣고』(곰곰나루, 2024. 7.)

망각

어렸을 적에 '에에, 또…', '그러니까…'를 반복하던 내빈들의 축사를 들으며 몹시 납답하고 의아했는데, 내가 그 연배에 이르고 보니 '아 그 분들이 나이 때문에 그랬구나.' 하고 깨닫게 되었다. 기억력 감퇴야말로 노화를 실감케 하는 대표적 현상임을 피부로 느끼게 된 것이다. 그래서 이제는 비록 사람 이름이나 단어가 잘 생각나지 않더라도 그저 노화에 따른 자연스러운 현상이려니 하거나 건망증 정도로 치부해 참을 수 있게 되었다.

그런데 뭔 일을 할 요량으로 일어나긴 했는데 무얼 하려 일어났는지 자체를 까맣게 잊어버리는 지경에 이르다 보면 당황을 넘어 자괴감에 빠지곤 한다. 그럴라 치면 혹 치매 초기가 아닌가 싶은 걱정에 빠지기도 한다. 경제 학계의 천재로 이름났던 S대 Y모 교수가 우리 대학에 와서 자기 연구실을 찾던 일, 마주 앉아 대화를 하는 동안 내가 누구인지를 반복해 묻는 선배 L, 기억의 상실을 넘어 사고력까지 상실한 막역지우 C 등을 연상할 때마다 치매란 질병의 심각성이 깊이 각인되어 건망증이 잦아질라치면 두려움이 엄습하곤 한다.

주지하는 바와 같이 언어능력과 사고력까지 상실해 가는 알츠하이머나 혈관성치매는 나이 들며 겪게 되는 단순한 기억력 감퇴 현상과는 본질적으로 다르다. 어머니가 치매를 앓게 되었을 때 뇌 MRI 촬영을 해보았는데, 정상인에 비해 심하게 쪼그라든 해마 모양을 보고 충격을 받은 적이 있었다. 문진 과정에서 색깔이나 물건의 형태까지도 구분하지 못하는 상황을 지켜보며, 치매란 그저 심한 건망증 정도로 생각했던 자신의 무지가 부끄러웠다.

그런데 기억력 상실과 관련하여 의아스러운 현상이 하나 있다. 나이가 들수록 세월의 속도가 빠르게 느껴진다는 점이다. 물리적 시간의 흐름은 나이와 무관한 것 일진데 왜 연령에 따라 다르게 인식되는지 쉽게 납득되지 않는다. 나이가 들수록 새로운 경험은 줄고 익숙함이 늘어나기 때문일까? 아니면 첫사랑, 첫 아이 등, 젊었을 적 경험은 강한 에너지로 각인되는 반면, 노년에 이르면 새로운 경험 자체가 줄어들 뿐 아니라 체험의 강렬함도 약해지는 경향이 있어, 마치 세월이 빨리 지나가는 것처럼 느껴지는 것은 아닐까?

이런 연유에서인지 어릴 적 추억은 어제 일처럼 선명한데 최근 일은 쉽게 잊히곤 한다. 정기적으로 만나는 고교동창들도 이구동성으로 동감한다. 그런데 나는 이러한 현상과 관련하여 엉뚱한 논리를 내세워 동창들을 당혹케 하곤 했다. 물리학에서 말하는 질량불변의 법칙처럼 인간의 기억력 총량도 태어나면서부터 그 한도가 정해져 있다고 주장했던 것이다. '대학교수란 자가 그리 궤변을 떨어서야 되겠나?'라는 애교 섞인 반론이 만만치 않았다.

이에 굴하지 않고 내가 제시했던 대응논리는 다음과 같다.

인간의 뇌는 개인에 따라 그 크기에 차이가 있겠지만 기억력을 관장하는 해마를 기준으로 볼 때 상한선이 있다고 했다. 그러면서 나는 인간의 해마는 예컨대 밥그릇과 같은 측면이 있어, 퍼 담을 수 있는 양에 한도가 있기 때문이라 했다. 뿐만 아니라 해마 속에 오래전 담긴 기억은 밑바닥에 깔려 있어 쉽사리 망실되지 않지만, 최근 일은 그릇 위에 고봉으로 퍼 올린 밥 같아서 자꾸 흘러내리다 보니 잃어버리기 쉽기 때문이라고 강변했다. 동창들이 딱히 내세울 반론이 마땅치 않아서 이기도 했겠지만, 나는 이후 동창들 모임에서 같은 주장을 보란 듯이 고수했다. 놀랍게도 나의 주장이 틀린 것만은 아니란 사실을 나중에 확인할 수 있었다.

뇌 과학자들은 인간이 모든 경험을 영원히 기억할 수는 없다고 보고 있다. 인간 뇌의 기억 용량은 제한적이기 때문이라는 것이다. 그런데 정작 이 사실은 '잊어야 정상적 사고가 가능하다.'라는 주장을 뒷받침하고 있다는 점에 주목할 필요가 있다. 인지가 제대로 형성되기 위해서는 기억과 균형을 이룬 망각이 반드시 전제되어야 한다는 것이다. 따라서 망각 현상이 저주스럽거나 한탄할 일만은 아니라는 것이다. 특히 정서적 행복을 위해 망각은 필수적이라 볼 수도 있다. 인간 뇌에서 망각 기능이 사라진다면 인간은 불행했던 기억으로 점철된 질곡에서 벗어나지 못할 수도 있기 때문이다. 예컨대 부모나 배우자 그리고 자녀를 잃는 등의 고통을 잊지 못한 채 살아가야 한다면 이보다 더한 고통은 없을 것이다. 바꾸어 말하면 인간에게 망각은 축복일 수도 있다는 것이다.

우스갯소리 삼아 던졌던 '기억총량 불변설'은 망각과 관련한 또 다른 현상을 이해하는데 매우 유용했다. '자폐증 환자', 또는 '자폐 스펙트럼을 가진 사람'이 주인공인 '이상한 변호사 우 영우'라는 드라마가 얼마 전 장안의 화제가 된 적이 있다. 주인공은 법전은 물론 판결 기록 등을 모두 기억할 수 있는 초능력을 가지고 있는 반면, 같은 말을 반복하거나 사회성이 결여된 그리고 관심 분야 외에는 지식이 매우 제한적인 인물로 등장했다. 자폐 현상의 대표적인 특징을 주인공의 캐릭터로 삼은 것이다. 그런데 정작 주목할 사실은 바로 이 자폐현상은 망각 시스템의 오작동에 따른 '과잉 기억', 또는 '과소 망각'에 연유해 발생한다는 점이다. 기억 총량이 일정할 수밖에 없는 인간의 기억이 일부 분야에 한정되다 보니 나머지 분야에 대한 과소 기억을 유발함으로써 겪게 되는 현상이라는 것이다.

역설적이지만 일부 자폐 환자들의 기억력이 일반인의 그것보다 수천 배 큰 경우가 가끔 있다고 한다. 뇌 과학자들에 따르면, 자폐증 환자의 유전자 네트워크에서 나타나는 한 가지 중심 성향은 유전자들이 한데 공모하여 망각 기능을 방해하기도 하는데, 이들 중 일부는 소위 서번트 증후군이라는 현상으로 나타난다는 것이다.

서번트 증후군(Savant syndrome)이란 영국의 의학박사 다운(John Langdon Haydon Down)이 처음 사용한 용어이다. 낮은 IQ를 가진 석학 혹은 천재를 '이디엇 서번트(idiot savant)' 혹은 '백치 천재'라 칭했는데, 자폐증 환자 중 일부가 이러한 증상을 보인다는 것이다. 이들은 특히 수학, 음악, 미술, 기계 등의 분야에서 천재성을 보였고, 놀라운 기억력을 가지고 있다는 것에 공통점이 있다고 한다. 그리고 특별한 능력이 클수록 자폐적인 특성이 더 강하게 나타나는데, 특히 반복적인 행동과 관심의 결여 정도가 강해진다는 것이다. 평균적으로 볼 때 자폐증 환자들의 망각 조절 장치는 일반인에 비해 낮은 것으로 분석되는데. 세칭 '서번트 증후군'의 기계적 암기력도 바로 이로 인한 망각 기능의 감퇴로 해석이 가능하다는 것이다.

한편 전쟁 등 극도의 스트레스에 노출된 사람들이 겪는 외상 후 스트레스장애(PTSD)도 결국 '과잉 기억' 또는 '망각장애'의 부작용으로 보아야 한다는 것이 전문의들 견해다. 트라우마에서 벗어나려면 '감정적 망각'이 필요한데 단조로운 기억에 불행, 공포, 분노, 고통 등의 색깔을 입히는 편도체가 과잉 활성화되면 감정적 망각이 힘들어지기 때문이라는 것이다. 망각이 인간에게 얼마나 필수적인가를 역시 실감케 한다. 한 인간이 감당할 수 있는 충격의 총량이나 수준은 정해져 있는데 충격에 대한 기억의 강도 조절에 장애가 생길 경우 스트레스장애로 이어질 수 있다는 것으로 이해된다.

뇌의 기억 공간은 망각이 있어야 새로운 것으로 채울 수 있다는 논리를 기회 있을 때마다 주장하다 보니 문득 마음을 비워야 채울 수 있다는 생각이 떠올랐다. 이런 측면에서 볼 때 인간이 망각 기능을 가지고 있다는 사실은 일면 인간에게 부여된 축복임에 틀림없어 보인다. 망각 덕분에 노년을 새로운 그리고 강렬한 새로운 체험으로 채울 수 있다는 것으로 이해하기로 했다. 세월의 속도감도 줄이고 삶의 생동감을 찾을 수 있는 이러한 축복을 제대로 활용할 수 있는 일을 열심히 찾아 나서야겠다고 다짐해 본다. 나이를 무시하고 새로운 일에 능동적으로 도전해 보는 것이야말로 정신적 '항노화제'라고 할 수 있다는 생각에 불끈 힘이 솟는다. ― 2023년 6월

저무는 꿈

"여보, 여보, 일어나 봐요. 또 악몽 꾸었어요?"

갑자기 흔들어 깨우는 아내 덕에 잠꼬대에서 벗어났다. 언젠가부터 가끔 있는 일이기는 해도, 달리 대처할 방도가 없어 낭패스러웠다. 이번에는 꿈속에서 아내를 스토킹해 온 사내가 현관문을 두드리며 아내 이름을 부르는 바람에 전신에 힘을 모아 "도대체 뭐하는 작자야?"라고 외쳤던 것이다. 혹 이웃에서 들었으면 큰 부부싸움이라도 하는 줄 알까 걱정될 만큼 고성을 질렀다.

황당한 내용이지만, 초기에는 꿈속에서까지 내 가족에게 위해를 가하는 자들에 용감하게 맞서는 일종의 무용담 성격을 띠는 것이어서, 의기양양한 태도로 아내에게 꿈 얘기를 들려주곤 했었다. 그러나 그런 꿈이 자주 반복될 뿐만 아니라 손발까지 휘두르다 깨는 경우가 종종 있다 보니 짐짓 당황스럽기도 했다. 도대체 왜 이런 꿈을, 더구나 잠꼬대까지 하며 꾸는 것일까? 그렇다고 이런 꿈이나 잠꼬대를 노력 한다고 해서 피할 수도 없는 일이니 당혹스럽기는 매한가지였다.

고백하자면 내가 평생 꾼 꿈의 종류는 기이하게도 몇 가지가 안

된다. 초등학교 시절에는 수학여행을 가다가 우리가 탄 버스가 낭떠러지에서 떨어지는, 그런 꿈이 대종을 이루었다. 어른들 말로는 키 크느라고 그런다 했다. 그런데 중고등학교 시절부터는 두 팔을 저어 하늘로 솟아오르며 자유롭게 공간을 이동하는 꿈을 꾸었다. 이번엔 어른들이, 큰 뜻을 품고 노력하는 젊은이들이 꾸는 꿈이라 했다.

　기이하게도 나의 하늘 높이 날아오르는 꿈은 청장년 시기에 이를 때까지 지속되었다. 그러는 동안, 신기하게도 날아오를 수 있는 고도와 거리를 계속 늘려 나갈 수 있었다. 급기야 김일성만 제거하면 한반도에 평화가 올 것이라는 천진한 생각에, 주석궁까지 침투할 수 있을 만한 능력을 쌓아갔고, 비상할 수 있는 높이와 비행시간 그리고 속도를 무한대에 가까울 정도로 끌어올린 후에는 스스로의 몸을 투명화할 수 있는 능력까지 갖추게 되었다. 단 투명인간화는 한 올의 옷도 걸치지 않았을 때만 가능하다는 제약이 있었다. 비록 꿈속에서였지만 결국 고공에서의 추위를 견디지 못해 주석궁 침입의 꿈은 실현하지 못하고 말았다.

　안타깝게도 노년에 이르게 되면서 하늘을 나는 꿈을 더 이상 꿀 수 없었다. 아무리 노력해보아도 허사였다. 대신 등장한 것이 나의 가족이나 지인들을 위해하려는 자들에 맞서 싸우는 내용의 꿈이었다. 돌이켜 생각해 보니 나는 낭떠러지에서 떨어지는 따위의 꿈에서 시작해서, 하늘로 날아오르는 꿈을 거쳐, 현재는 불의에 대항하는 꿈으로 이어지는 세 가지 유형의 꿈을 평생 꾸어 온, 다소 특이한 전력을 소유한 사람인 듯싶다.

정신분석가들에 의하면 꿈이란 깨어 있을 때의 자아활동이 저하됨으로써 억압된 욕망이나 불안이 변형된 의식으로 수면 중에 떠오르는 것이라 한다. 평생에 걸친 나의 꿈 여정도 알지 못하는 가운데 마음 한 구석에 자리했던 나의 우려와 희망사항이 그런 류의 꿈으로 발현되었던 것으로 해석할 수 있을 것 같다. 어쩌면 내 경우에는 연령(소년, 청장년, 노년)에 따라 희망하거나 우려하는 내용이 달라질 수밖에 없다 보니, 꿈 또한 그에 어울리게 표출된 것이란 생각은 든다.

물론 현재의 꿈이 가족과 지인들에 대한 헌신과 보호 역할에 맞춰져 있다는 사실 또한 만년에 이른 노인으로서는 즐겁게 받아들일 수 있는 것이어서 불만은 없다. 그럼에도 불구하고 잠꼬대 현상이 수반되기 시작하면서부터는 아지 못할 우려가 시나브로 쌓여가고 있다. 특히 지난해 어느 날, 아내가 잠꼬대가 심한 사람은 치매나 파킨슨병에 걸릴 가능성이 3배 이상 된다는 인터넷 기사 내용을 전해준 후부터, 빈번한 잠꼬대 현상은 단순한 우려를 넘어 공포로 다가오기 시작했다. 더구나 치매 가족력까지 있는 나에게는 매우 충격적인 논리임에 틀림없기 때문이었다.

원래 꿈은 취침 후 두세 시간 정도의 숙면 시간대를 지나 나타나는, 이른바 '램 수면'(REM: Rapid Eye Movement라 하며 이때 눈알이 빠르게 움직인다 함)단계에서 꾸게 된다고 한다. 통상적으로 이 단계에서는 호흡근육과 눈을 제외한 팔·다리 근육이 마비돼 몸을 움직일 수 없게 된다. 그런데 뇌 아랫부분에 있는 뇌간의 운동 제어 기능에 문제가 생기면 몸을 움직이는 잠꼬대 현상이 나타나게 된다는 것이다. 특히 코골이나 수면무호흡증 등 각종 노인성 질환은 이른바 노인성 불면증을 유발하는데 이로 인해 노인성 잠꼬대현상이 발생할 가능성이 높아질 수 있다는 것으로 이해된다. 한 동안은 일주일에 한 번 이상, 주로 램 수면 시간대인 새벽 서너 시경에 잠꼬대로 소리를 지르거나 거친 욕도 하며 심지어 팔과 발을 휘젓는 등의 행동까지 보여 온 나로서는 감당하기 힘든 공포에 시달려야 했다.

나이가 들고 신체적 노화 현상이 가속화되면서 숙면이 힘들어지는 현실이야 어찌해 볼 도리가 없지 않은가. 아울러 램 수면 구간이 길어지면서 꿈이 잠꼬대로 이어질 가능성이 높아질 것이란 사실 또한 받아드릴 수밖에 없을 것이다. 그렇다고 이런 현상을 그저 노인의 숙명쯤으로 받아드리려는 수동적 태도에 그쳐야 할 것일까. 결국 나는 이를 극복할 수 있는 길을 능동적으로 찾아 나서는 노력을 기울여 보기로 작정했다. 우선은 육체적인 운동량과 정신적인 활동을 증대시켜 육신을 피곤케 만듦으로서 숙면을 취할 수 있는 여건부터 조성해 나갔다. 이렇듯 몇 달 노력하다 보니 잠꼬대 하는 회수가 눈에 띄게 줄어들었다. 잠꼬대를 나이에 따른 자연적인 변화 정도로 인정은 하되 노년의 슬기로 대처해 나가는 지혜가 나름 효과를 보는 것 같아 안도가 되었다.

그런데 최근 들어 나의 꿈 여정은 새로운 시대로 진입하고 있다는 생각이 들어 다시 긴장의 끈을 조이고 있다. 반드시 잠꼬대로 이어지지는 않았지만 꿈속에서 나는 내 가족이나 지인을 지키려는 흑기사 역할 대신 단지 스스로를 방어하기에 급급한 주체로 등장하게 된 것이다. 그러다 불원간에 남의 도움이 절실해지는 상황으로, 그리고 종국에는 그러한 도움의 손길도 닿을 수 없는 처지로 전락하며 꿈이 소멸되는 것은 아닐까 하는 생각이 얼핏 들어 우울하다. — 2024년 봄

안락사

　지난해 5월 초, 여배우 강수연이 의식불명 상태에서 병원 응급실로 실려 갔다는 뉴스가 전해졌다. 대다수 국민이 그녀의 빠른 쾌유를 기원할 즈음, 엉뚱하게도 나는 그녀가 식물인간 상태가 되는 불상사만은 없도록 기원하고 있었다. 교통사고로 15년 가까이 혼수상태에서 깨어나지 못한 채 식물인간 상태로 있었던 제자 C군의 모습이 불현듯 떠올랐기 때문이다.

　5년 가까이 치매로 모진 생을 연명했던 어머니 생각도 났다. 차마 드러내 놓고 얘기할 수는 없었지만, 인간의 존엄성을 상실한 채 목숨만을 부지하기보다는 차라리 온갖 세상사 훌훌 털어버리고 영원의 나라로 가셨으면 좋겠다는 생각이 문득문득 들었었다. 삶에 대한 희망의 끈을 놓은 지 오래 된, 그래서 단지 죽음만을 기다리는 듯 보이는, 요양원 내 초 고령층 환자들의 초점 잃은 눈을 보면서도 비슷한 생각에 잠기곤 했다. 그들이 보내는 질곡의 삶을 지켜보는 동안, 불경스러운 발상일지 모르지만, 우리나라도 이제는 안락사 제도를 열린 마음으로 고려해 볼 때가 되었다는 생각이 들었었다.

존엄사란 것이 있다. 회복 가망성이 없는 환자에게 무의미한 연명 조치를 중단하고 자연스러운 죽음을 맞게 하는 행위이다. 우리나라에서도 제한적으로 도입되기는 하였으나, 당사자가 명백히 자기의사를 밝힐 수 있는 경우에 한정되어 있어, 의식불명 상태의 환자 경우에는 적용할 수 없다는 문제가 있다. 이러한 경우를 감안하여 한국에서는 '사전연명의료의향서'를 작성하여 공증해 두는 제도를 마련한 바 있다. 그러나 사전에 의향서를 작성해 두지 못한 단계에서 갑자기 식물인간 상태가 되어버리는 경우 적용이 불가능하다. 바로 이러한 상황에도 적용 가능한 제도적 장치가 안락사 제도라 할 수 있다. 이는 존엄사보다 한 단계 더 진취적인 임종 허용 방식이라 할 수 있지만, 아직 우리나라에서는 법적으로 허용되지 않고 있다.

안락사에 대하여, 대다수 종교단체들은 죽음을 관장하는 일이란 신의 영역에 해당되는 것이라는 차원에서, 결코 허용해선 안된다는 입장을 취하고 있다. 반면 대다수 일반인들은 이제는 인간에게 고통스럽고 무의미한 연명 여부를 스스로 선택할 수 있는 권리가 부여되어야 한다고 믿고 있는 듯하다. 백세 시대를 맞는 초고령화 사회에서, 목숨을 연명하고 있는 것 자체가 저주스러울 만큼 비참한 경우가 점증하고 있다는 엄연한 사실에서 볼 때 설득력이 있어 보인다. 작년 3~4월 국민 1,000명을 대상으로 조사한 서울대병원 가정의학과 교수팀의 연구 결과, 76.3%가 안락사 또는 의사 조력 자살 법제화에 동의한 것으로 나타났다. 이는 한국인의 죽음을 대하는 태도와 인식이 급속히 변화하고 있음을 웅변적으로 대변해 준 조사 결과라 할 수 있다.

지난해 3월, '세계 최고 미남 배우, 알랭 들롱(86세)이 안락사(실제 내용은 의사 조력 존엄사로 추정됨)를 결정하다'라는 머리기사가 전 세계에 타전되며 많은 사람에게 적지 않은 충격을 주었다. 그의 선택은 유별난 사람들의 기행 정도로 터부시해 왔던 사람들까지 '조력 존엄사' 또는 안락사 문제를 심각하게 고민해 보는 계기를 제공해 준 것으로 보인다.

그에 앞서 102세 때도 대중교통을 이용해 연구실에 출근할 정도로 노익장을 과시했던 호주의 저명한 식물학자 데이비드 구달 박사가, 불치병을 앓던 것도 아니었는데, 2018년 5월 10일, 안락사를 허용하는 스위스 바젤에 가서 약물을 투여 받고 생을 마감함으로써 신선한 충격을 준 적이 있다.

한편 약 9년 전, 파리의 유서 깊은 호텔에서 경제학자인 남편과 작가이자 교사인 86세 동갑내기 부인이 안락사 금지를 비판하는 유서를 남기고 극단적 선택을 했다는 뉴스가 보도된 적이 있다. 60여 년 해로한 이 노부부는 사별해서 혼자 남겨지거나, 거동 못하는 지경에 이르러 누군가에게 의존해야 하는 상황이 죽음보다 두려워 이런 선택을 했다고 하여 우리를 숙연케 했다.

우리나라에서도 예전에는 고승들이 자신의 임종이 가까워졌다고 판단되는 순간 깊은 산 속으로 들어가 곡기를 끊고 명상 속에 생을 마감했다고 전해진다. 고승도 종교인도 아니지만, 나의 존경하는 고교 은사 C선생은 인천 지역에서 이름난 문인이었는데 말기 암 판정을 받자 일체 치료를 거부한 채 약 30일간의 단식으로 생을 마감(존엄사)한 적이 있어 제자들을 숙연하게 만든 적도 있다.

실제 일어난 일은 아니지만 수년 전 개봉되었던 영화 '죽여주는 여자'가 장안의 화제가 된 적이 있다. 윤여정이 파고다공원 근처에서 노인들의 성적 욕구를 채워주는 '박카스 아줌마'로 등장해 열연하는 내용으로 시작되었다. 그러나 스토리의 정점은 윤여정이 본연의 업무 영역을 넘어, 감내할 수 없는 고통과 외로움 속에 죽음을 앞두고 있는 노인들의 임종을 돕는, 말하자면 조력 자살 행위를 수행하는 장면에 있었다. 더 이상 조력 자살이 불법이 아닌 시대가 조속히 정착될 필요성을 웅변적으로 대변한 작품이라는 생각이 들었다.

이러한 저간의 충격적 사건들과 국민들의 인식 변화에 접하며 급기야 우리나라에서도 '조력 존엄사 합법화' 법안이 조만간 국회에 제출될 것으로 보인다. 여기서 '조력 존엄사'라 함은 환자 본인이 원할 경우 담당 의사의 도움을 받아 삶을 마무리할 수 있도록 하는 것을 이른다. 해외에서는 '의사 조력 자살(physician-assisted suicide)'이라 불리는 임종 허용 방식이다. 단 이는 무의식 상태에 있는 환자에게 의사가 직접 투약하는 안락사와는 달리 의식 있는 환자 본인에게 스스로 목숨을 끊는 행위를 허용한다는 점에서 차별화되고 있다.

안락사에 대해 가장 진취적인 입장을 취하고 있는 국가는 네덜란드, 벨기에, 콜롬비아 등인데, 이들 국가에서는 조력 자살과 안락사를 모두 인정하고 있다. 그중 안락사에 관한 한 선도적인 역할을 담당해 온 국가는 네덜란드라 할 수 있다. 의사가 직접 환자에게 약물을 주사해서 죽음에 이르게 하는 적극적 안락사까지 허용되고 있기 때문이다. 국민의 85%가 안락사를 지지하고 있다는 사실 때문에 정착이 가능했던 것 같다.

반면 스위스와 미국(일부 주에서만)에서는 조력 자살만 허용하고 있다. 의사가 극약을 처방하고 환자 스스로 복용하는 방식인데, 환자는 가족들에 둘러싸여 외롭지 않고 편안하게 생을 마감하는 것이다. 그럼에도 불구하고 스위스가 안락사하면 제일 먼저 연상되고 있는 것은, 외국인에게 까지 안락사의 문호를 개방하고 있다는 사실 때문인 듯싶다. 현재 한국에서 입법화를 서두르고 있는 조력 존엄사법은 조력 안락사 허용 법에 가까운 것으로 이해된다.

많은 노년기 부부의 희망 사항 중 하나는, 둘이 한날한시에 죽을 수 있는 행운을 누리는 일이다. 그러나 불행하게도 어느 한 사람이 먼저 생을 마감하는 것이 자연의 섭리인 듯싶다. 그러다 보니 오랜 병으로 배우자에게 고통을 주는 일만이라도 피할 수 있기를 기원하게 된다. 우리 부부도 누가 먼저든 치명적인 병에 걸릴 경우, 절대 불필요한 연명치료는 거부하자고 약속했고, 동시에 사전 의향서를 작성하여 등록해 두기로 했다. 만약 어느 한 사람이 불행하게도 먼저 불치의 병에 걸려 감당하기 어려운 고통에 시달리게 되면, 차라리 스위스에 가서 안락사를 시켜 주자는 반

농담조의 약속도 했다. 우스갯소리 삼아 스위스에서의 안락사에 필요한 1인당 약 천만 원 정도의 현금을 별도 적립해 두었다가 저승길 노잣돈 삼자고도 했다. 아니 그에 앞서 국회에 제출될 조력 존엄사법이 원만하게 통과되어, 단지 죽기 위해 스위스까지 먼 길을 가야 하는 번거로움이 해소되길 바래본다.

— 『종이배에 별을 싣고』(곰곰나루, 2024. 7.)

제2부

청자화분과 가시면류관

기적

    의성 향우회장인 J의 초청으로 대학 동문 몇몇과 의성을 방문해 금성산 자락 수정사에 머문 적이 있다. 신라 때 의상대사가 건립한 오랜 역사를 지닌 사찰이라지만, 방문 당시 인근 조계종 16교구 고운사의 말사에 불과한 조그만 절이었다. 운판도 목어도 없이 달랑 범종만이 걸려 있을 정도의 작은 규모였는데 이 절과 관련하여 이런저런 설화들이 전해져 온다기에 사뭇 흥미가 동했다.

    금성산은 백두산이나 한라산 그리고 울릉도보다 먼저 화산이 폭발하여 생겨난 산이라 하여, 이곳 사람들이 신성시하는 산이었다. 이곳에 조상의 묘를 쓰면, 큰 부자가 된다는 풍수지리설까지 나도는 영산이라고도 했다. 그러다 보니 남의 눈을 피해 시신을 암매장하는 사람들이 간혹 있었는데 산신령의 노여움을 사 멸문지화를 겪게 되었다고 한다. 한편 금성산 정상 부근에 묘를 쓰게 되면, 석 달 동안 이 일대에 가뭄이 든다는 설화가 전해지기도 했는데, 나는 개인이 축복을 받기 위해 영산에 사설 묘를 쓰는 행위를 경계하기 위해 만들어진 경고성 설화 정도로 해석하고 싶었다. 그러나 일단 의성 출신 동창들의 낭만적 신화를 깨고 싶지 않아, 이런 나의 생각을 함구했다. 더구나 어릴 적 들은 얘기는 워낙 힘이 세서, 사실 여부는 중요하지 않은 경우가 많기 때문이기도 했다.

　주지는 이곳 수정사가 인근 초등학교 학생들이 소풍을 자주 오는 곳이고, 또 주민들이 새벽 운동 차 올라와 약수를 떠가기도 하는 곳으로, 주민들에게는 물론 고향을 떠나 도회지에 나가 있는 사람들에게도 낭만적 향수를 자아내는 곳이라 했다. 문제는 너무 많은 사람들이 새벽마다 몰려와 약수를 서로 먼저 떠가려 아웅다웅하는 바람에 아침 예불을 드리는 데 지장이 많았단다. 생각다 못해 이삼십 미터 석축 아래쪽으로 관을 연결하여 약수를 떠갈 수 있는 별도의 시설물을 설치해 놓았는데, 한 달도 채 지나지 않아 아침 등산객들이 몰려와 약수가 안 나온다며 즉각 보수를 요청해 왔단다. 신도들의 시주가 매우 중요한 사찰로서는 주민들의 불편을 조속히 해결해 줄 필요가 있었다고 주지는 실토했다. 아니 그보다는 약수터에 설치해 둔 플라스틱제 불전함으로 들어오던 시주가 중단되는 것이 더 큰 문제였다고도 했다. 놀랍게도 플라스틱으로 조잡하게 만든 부처 모양의 불전함으로 들어오는 시주 돈이 1,300명에 달하는 불자들의 연간 시주 총액보다 많았기 때문이라 했다. 주지가 서둘러 등산객들을 따라 약수터에 내려가 본즉, 물이 안 나오는 것은 물론, 사찰의 주 수입원인 약 50센티 높이의 불전함마저 사라져 버려, 실로 난감하기 이를 데 없었다고 한다.

한때는 불교의 적극적인 사회참여와 불교개혁에 앞서는 등, 진취적 스님의 아이콘이었던 주지의 외모나 어투에서, 우리 일행은 아직도 범상치 않은 분위기를 엿볼 수 있었다. 그러나 이제는 본인을 포함하여 스님이 달랑 둘밖에 없는 조그만 절에서, 사찰의 재정상황 따위에 온갖 신경을 써야 하는 평범한 스님이 되어버린 듯하여 우리 모두의 마음이 짠했다.

주지는 서둘러 약수가 왜 안 나오게 되었는지 조사를 의뢰하게 되었단다. 백오십만 원 정도였지만 절로서는 부담스런 비용까지 들여가며 공사를 착수하던 날 아침이었다. 느닷없이 공사 인부들이 올라 와 주지에게 더 이상 조사가 필요 없다는 말을 전해왔단다. 약수 물이 다시 나온다기에 주지가 설레발을 치며 내려가 보니 막혀 있던 약수 관에서 물이 콸콸 나오고 있었단다. 공사비를 아낄 수 있는 것도 다행이었지만, 그보다는 약수를 뜨러 오는 등산객들의 시주가 재개될 수 있다는 사실이 주지는 무엇보다 기뻤다 했다.

기쁨 가득한 흥분이 어느 정도 잦아들 즈음, 주지는 놀라운 사실 하나를 확인하였단다. 잃어버렸던 플라스틱제 부처모양의 불전함이 다시 제자리에 돌아와 있었다는 것이다. 순간 주지에게 아마도 이 사건은 부처가 이룩해 낸 기적이 아닌가 하는 생각이 들었다 했다. 주지의 이러한 생각은 곧 의성군 내 주민들에게 두루 퍼져 나갔고, 특히 불자들은 수정사와 관련한 새로운 설화가 하나 더 생겨난 것이라 기뻐하며, 이를 기정사실화해 나갔다 했다.

주지의 이야기를 들으며, 나는 단지 쉽사리 확인하기 어려운 물리적 현상으로, 발생 가능성이 매우 낮은 일이 일어났을 뿐이라는 논리적 추론을 마음속으로 펴고 있었다. 그래도 절에서 주지가 그토록 신심을 가지고 정성스레 전하는 일화를 면전에서 부정하기는 어려웠다. 또 우리를 초청해 준 의성 출신 동창들의 고향에 대한 정서적 자존감을 상하게 만들까 우려도 됐다.

특히 의성 출신 동문들의 자부심은, 어느 지역에나 있는 단순한 향토적 애착이 아니라, 이 지역의 역사적 의의에 근거하고 있음을, 이번 방문 길에 확인할 수 있었다. "영미! 영미!"라는 외침으로 유명해진 의성 출신 2018 평창 동계올림픽 컬링 선수들의 성공신화 이전에는, 마늘의 주산지 정도로 알려져 있던 의성에, 놀랍게도 신라보다 앞선 시기에 조분국이라는 국가가 실존했다는 사실을 알게 되었던 것이다. 더구나 그러한 사실이 최근 고분에서 출토된 유물에서 입증되었고, 그것을 조분국 역사박물관까지 마련해 전시하고 있었다. 왕관은 물론, 수준 높은 토기 제품을 다량 전시했을 뿐 아니라, 군내에 삼사십 기가 넘는 미발굴 고분군이 실재하고 있다는 사실 또한 확인 할 수 있었다.

일단 불필요한 언쟁은 피하되 간접적으로나마 이의를 제기해 본다는 차원에서, 나는 에둘러 기적이란 것에 대한 내 관점을 조심스레 피력해 나갔다. 인간이 쉽사리 체험하거나 실현할 수 없는 기이한 일을 두고, 흔히 기적이라 한다는 원론적 논리부터 제기했다. 그런데 이러한 희귀한 현상을, 종교에서는 종종 신이 행한 기적으로 활용한다고 했다. 미지의 세계에 대한 두려움이나, 인간능력의 한계를 벗어나는 초능력에 대한 신비를 악용하는 경향도 있다고 했다. 심지어 일부 성직자가 신비한 현상-불구자의 치유 등-을 인위적으로 조작해 가며 축재를 일삼다 발각이 된 예를 들기도 했다.

　이어 나는, ○○은행 합정지점장이 1980년대 중반 송년모임에서 만취가 된 상태에서 무리하게 안전띠도 매지 않고 차를 몰다가 양화대교 난간을 들이 받고 한강으로 추락했던 사고의 예를 들었다. 그해 겨울은 유난히 추워 한강의 상당 부분이 결빙되었는데, 차가 얼음 위로 떨어지는 순간 차문이 열리고 운전자는 튕겨나가 얼음 위를 미끄러져 가다가 얼지 않은 강물 속으로 빠졌던 사건으로, TV에서도 방영된 적이 있다. 마침 근처를 지나가던 해병용사 한 명과 교통순경의 필사적인 노력으로, 운전자는 구출될 수 있었고 곧 병원으로 이송되었다. 놀라운 것은 다음날 병원에서 정신이 든 운전자는 아무 것도 기억하지 못했고, 진찰 결과 다소의 찰과상 외에는 그에게서 아무런 이상도 발견되지 않았다는 것이다. 결국 운전자가 단지 숙취에서 깨어났을 뿐인 셈이라는 뉴스였다. 결과적으로 보면 운전자가 안전띠를 착용하지 않았고, 문짝이 열리는 순간 튕겨져 나가는 방향이 실로 절묘하여 목숨을 보전할 수 있었던 사건이다. 과학의 힘을 빌려 이를 재현하기란 불가능한, 그야말로 기적적인 사건이었다. 그렇다고 이를 신이 행한 기적이라 주장할 수 있겠느냐는 말로 나는 기적적 현상에 대한 자신의 입장을 정리했다.

약수터 불전함에 얽힌 사연이 종교적 기적일 수 없다는 뜻을 간접적으로 내비친 셈이다. 불쾌함을 감출 수 없던 주지의 얼굴이 붉어지는 것이 시야에 들어왔다. 더 이상 주지와 의성 출신 동문들의 심기를 불편하게 해서는 안 되겠다는 생각이 들었다. 무의미한 논쟁으로 확대되는 것을 피하기 위해 나는 단지 내 사견일 뿐이라며 서둘러 내 주장을 마무리했다. 또한 기적이란 발생 확률이 매우 낮은 자연현상임을 부정할 수는 없다는 점, 종교는 신비적 현상에 의존한 신앙을 강조하기보다는 마음의 평화와 행복을 조화롭게 추구하는 데 초점을 맞추어야 할 것이란 점, 그리고 인간의 기본 가치 추구에 바탕을 두고 남에 대한 배려심에 근거한, 조화로운 인간사회 질서유지에 앞장설 필요가 있다는 점 등의 논리도 마음속에만 담아 두었다. 그러다 보니 약수터 불전함에 얽힌 얘기의 진위는 단지 그 불전함을 다시 치워보면 쉽게 밝혀질 수 있지 않겠느냐는 말은 끝내 꺼낼 수 없었다.

칠순을 훌쩍 넘긴 동창들의 신체조건 상 코고는 것은 어쩔 수 없는 일이었지만, 소리에 매우 민감한 나로서는 산사 체험 첫날 쉽사리 잠을 청할 수 없었다. 결국 밖으로 나와 절 입구까지 몇 차례 반복해 오르내리며 차라리 밤을 새워보기로 작정했으나 밤은 생각보다 길게만 느껴졌다.

네 번째로 절 입구에 도달했을 즈음, 갑자기 나는 전날 저녁 들은 재미있는 또 다른 일화가 문득 떠올랐다. 수정사에선 높고 긴 두 개의 큰 병풍바위를 연결하여 해우소로 사용해 왔는데, 이곳 사람들 얘기로는 변을 보고 문 밖에 나온 후에야 변이 바닥에 떨어지는 소리를 들었다는 것이다. 불행하게도 템플스테이를 위해 새로 절간의 일부를 확장 개축하면서, 방문객들을 공포에 떨게 했던 해우소의 모습은 사라져버렸기에, 풍문의 사실 여부를 확인할 수는 없었다. 악의 없이 과장된 그러나 유쾌한 일화였지만, '사라져'버린 해우소가 있던 병풍바위를 보는 순간, 나는 엉뚱하게도 약수터 불전함을 남몰래 이곳으로 옮겨보고 싶다는 욕망이 샘솟았다. 주지에게는 미안하지만 불전함이 사라졌는데도 약수물이 계속 나오는 것을 보여주고픈 충동이 생겼던 것이다. 장난기까지 발동한 나는 내심 쾌재까지 불렀다.

그런데 예상대로 불전함이 사라져도 약수가 흐른다는 사실을, 이곳 출신 동창들이나 주지가 내일 아침 목격하게 될 경우 얼마나 당혹해 할까 하는 걱정이 순간 엄습해 왔다. 새벽 일찍 본인만 결과를 확인한 후, 불전함을 다시 가져다 놓으면 될 것 아닌가 생각도 해보았다. 불 보듯 뻔한 결과이리라 생각하면서도 한편으로는 은근히 궁금해지기도 했다. 그러나 여러 정황을 감안하여 불전함을 해우소가 있었다는 병풍바위 틈새에 옮겨 놓아보려는 계획은 상상 속에 간직해 두기로 했다.

9월 중순이었지만, 밖에서 밤을 지새우기에는 산사의 밤공기는 쌀쌀한 편이었다. 게다가 마음속으로나마 큰 음모까지 구상해 본 후였기에 갑자기 긴장이 풀리며 노곤함이 밀려왔다. 나는 일단 코고는 소리 가득한 숙소나마, 돌아가 잠시 눈을 붙이기로 했다. 그리고 곧 온갖 잡념에서 벗어나 산사의 적막을 베개 삼아 깊은 잠에 빠졌다. 범종 소리를 듣고 깨어나자 나의 발길은 무심코 약수터로 향했다. 전날 밤 내가 마음속에 품어보았던 불경한 계획을 아는지 모르는지 불전함은 의연한 자세로 제자리를 지키고 있었고 약수 관에서 나오는 물은 새벽 정적을 채워나가고 있었다.

— 2019년 7월

청자화분과 가시면류관

　매일 아침 나는 서재 책상 위에 오롯이 자리한 화분을 마주하며, 명상 속에 하루를 연다. 작년 추석 이후 생긴 습관이다.

　화분은 반 되 들이 주전자만큼 작지만 언젠가 신안 앞바다에서 인양될 당시 TV에서 방영되었던 청자와 비슷한 색깔을 띠고 있다. 그러나 화분의 밑면에 본체보다 작은 받침대가 있고, 몸통의 상단부는 이중으로 굽도리 처리된, 그리고 바깥쪽은 꽃무늬 형상으로 물결 모양을 한 당시의 청자와는 사뭇 다르다. 몸통과 밑면이 일체화되어 있는 모양새로 한참 후기에 제조한 화분이라 짐작한다. 단순하고 정갈한 백자의 정취를 자아내고 있어 더욱 그러하다. 수필가 피천득이 예찬한 청자연적처럼 연꽃잎 중에서 하나가 살짝 꼬부라진 파격의 여유 같은 외형을 가진 것이 아니라, 아주 반듯하고 기품 있는 자태를 취하고 있다. 자세히 들여다볼라치면 '진품명품' 쇼에 감정을 의뢰해 보고 싶은 생각이 문득문득 들 만큼 깊이가 느껴지는 청자화분이다.
　나는 이 화분을 작년 가을 숙부 댁에서 처음 받았다. 화분 속에는 눈을 사로잡을 만큼 특이한 형상의 나무가 담겨 있었다. 숙부 말로는 '꽃기린'이라 부른다 했다. 꽃이 솟아오른 모양이 기린을 닮아 꽃기린이라는 이름이 붙었는데 마다카스카르가 원산지라고도 했다. 추위에 강해 3~5℃에서 월동이 가능하며, 10℃ 이상의 온도, 적절한 빛, 그리고 수분만 잘 유지해 주면 일 년 내내 꽃을 볼 수 있다는 말까지 소상히 전해 주며 잘 키워보라 권했다.

숙부의 친절한 설명이 아니더라도 꽃기린은 모양 그 자체가 관심을 유발하기에 충분했다. 늦은 봄과 이른 여름 길섶에서 흔히 볼 수 있는 꽃잎 네 장짜리 노란 애기똥풀보다도 약간 작은 크기에 불과했지만, 쌍떡잎 모양을 하고 있는 분홍색 꽃으로 얼핏 보아도 예사로워 보이지 않는 외양을 하고 있었기 때문이다. 드문드문 피어나고 있는 귀엽고 앙증맞은 꽃 모양과는 어울리지 않게 위협적으로 보이는 가시로 뒤덮여 있어, 무언가 심상치 않아 보이는 느낌을 자아내기도 했다.

이 화분은 실은 이런 사연만 있는 게 아니다. 그날, 숙부 댁에 모여 앉은 가족들이 과거로의 추억여행을 두런두런 엮어가고 있었다. 정겨운 명절 환담이 한껏 무르익자 언제나처럼 아버지에 대한 회상으로 이어지고 있었다. 그 순간 숙부가 당신의 나이 벌써 92세나 되었다며, 만일 아버지가 생존해 계신다면 내년으로 백세가 될 것이란 말을 불쑥 꺼냈다. 이어 잠시 말미를 돌리더니 이것이 아버지가 남긴 마지막 유품이라며 꽃기린이 담긴 청자화분 하나와 아버지가 사용했다는 책 한 권을 내어놓는 것이 아닌

가. 이제 건강이 내일을 장담할 수 없는 지경에 이르렀다는 생각에 차제에 내게 전해주고 싶다는 것이다. 반세기도 더 전에 아버지가 남겼다는, 예상조차 못했던 유품 앞에서 나는 순간 멍해졌다. 반면 숙부는 마치 부여된 임무를 완수라도 한 사람처럼 홀가분해 보였다.

첫 번째 유품을 손에 들고 조심조심 펼쳐보았다. 세브란스의전 재학 시 아버지가 사용했다는 산부인과 교과서였다. 다소 탈색은 했지만 정성스럽게 보관해 온 숙부 덕분에 지금이라도 중고시장에 내놓을 수 있을 만큼 원형이 잘 보존되어 있었다. 고향에서 소문난 명필가다운 깔끔하고 단정한 아버지의 글씨가 마치 뭉게구름처럼 확대되며 내 눈에 성큼성큼 다가왔다. 놀랍게도 책속에 틈틈이 쓰인 메모는 최소한의 내용으로 축약되어 있었으며, 마치 서예작품이라도 되는 양 정성스레 단정한 글체로 작성되어 있었다. 수없이 들어온 아버지의 성품이 잘 묻어난 유품이라는 생각에 이르자 '쿵'하는 가벼운 충격이 나의 뇌리를 스쳐갔다. 70년을 넘긴 긴 세월 동안 아버지에 대한 감정마저 고갈되어 버린 지 이미 오래되었다고 생각해 왔는데 유품으로 전해진 아버지의 책을 마주 대하는 순간 만감이 교차했다.

그러나 정작 나의 눈길은 오히려 두 번째 유품인 청자화분에 꽂혀 있었다. 우선, 정확히 알 수는 없었지만 어딘가 범상치 않은, 그리고 깊이 있는 색채를 띠고 있었기 때문이다. 어이없게도 그 색에는 아버지를 생각할라치면 다가오던 슬픔과 우수가 서려 있었다. 그리고 바로 그 화분 안에 꽃기린이라는 조그맣고 예쁜 분홍빛 꽃들이 만개한 채로 자리하고 있었던 것이다. 숙부는 10여 년 전 우연한 기회로 그 꽃나무를 이웃으로부터 얻게 되었는데, 종교적 차원에서도 의미가 큰 나무여서 가지를 쳐 주위의 교인들에게 꺾꽂이 방식으로 분재까지 해주며 정성으로 길러 왔다고 했다.

그러던 중 코로나19 확산에 따른 불안감과 자신의 건강 자체에 대한 위기의식이 커지면서, 마지막 남은 아버지 유품을 되도록 빨리 내게 전해 주는 것이 좋겠다는 생각이 들었다는 것이다. 우선적 상속자일 뿐만 아니라 아버지에 대한 추억을 진정으로 이어가 줄 사람은 나밖에 없었기 때문이라고도 했다. 그리고 고심 끝에 아버지의 유품 중 하나인 청자화분에 그 동안 정성으로 길러온 꽃기린을 이식해 전하는 것도 나름 의미가 있을 것이라고 생각했다는 것이다.

숙부의 유품 인계의 변을 듣는 동안 한두 가지 풀리지 않는 의문이 들었다. 그 첫 번째는 아버지 유품을 그토록 오랫동안 소중히 간직해 온 것은 고마운 일에 틀림이 없지만, 그렇더라도 아버지 유품을 왜 그리고 여태껏 숙부가 간직해 왔는지 쉽게 납득되지 않았다. 발상 자체가 결례일지 모른단 생각이 들었지만 일단 의아하다는 생각을 쉬 털어버리기 어려웠다. 그렇다고 명절에 여러 가족이 모인 자리에서 대놓고 물어보는 것도 선뜻 내키지 않았다.

난감하게도 화분을 집으로 실어오는 과정에서 몇 번씩 손가락이 가시에 찔리는 바람에 귀가 길 내내 긴장했다. '꽃기린'이라는 예쁜 이름과는 달리 무시무시한 가시가 촘촘히 돋은 나무를 다루는 것은 일면 공포스럽기까지 했다. 집에 돌아오는 즉시 서둘러 백과사전에서 꽃말을 찾아보고 나는 경악했다. '꽃기린'은 수난이란 의미를 갖고 있는 꽃나무로 '가시면류관'(Crown of Thorns)이라고도 부른다는 것이었다. 예수를 처형할 때 로마 군인들이 그에게 이 나무로 만든 관을 씌운 데에서 연유된 별칭이라 했다.

그러다 보니 도대체 숙부는 하필이면 이런 꽃을, 아버지 유품에 담아 내게 준 것일까 하는 두 번째 의문이 자연스레 들었다. 혹시 아버지는 숙부에게 가시면류관 같은 존재였다는 것을 암묵적으로 토로하기 위해서였을까 하는 생각이 뇌리를 떠나지 않았다. 몇 달이 지나도 이 두 가지 궁금증은 도무지 사그라질 기미조차 보이지 않았다. 결국 숙부에게 언제부터 왜 이 꽃나무를 아버지 유품에 담아 키워왔는지 조심스레 묻게 되었다. 이미 숙부의 건강상태가 제대로 대화하기는 어려운 형편이어서 숙모가 중간 통역 역할을 해주었다. 어렵사리 두 차례에 걸친 통화에서 얻어낸 답은 다음과 같았다.

첫 번째 의문에 대한 답은 예상외로 간단했다. 평소 형수(나의 어머니)가 아버지 유품에 매우 민감한 반응을 보여왔기 때문이라는 것이었다. 이제 형수가 타계한 지도 꽤 되었기 때문에 내게 유품을 전해 주어도 무방할 것이라 생각했고 또 그리하는 것이 도리라 생각했다는 것이다. 숙모로부터 숙부의 말을 전해 듣는 동안, 나는 애써 기억의 사다리를 거슬러 올라가기 시작했다.

경기도립병원 내과 의사였던 아버지가 인천상륙작전이 있기 직전 납북될 무렵부터 떠올랐다. 아버지 피랍 이후 진료실에 남겨진 물품들을 어머니와 숙부가 보퉁이에 바리바리 꾸려가지고 나오던 모습이 어렴풋이 되살아났다. 생활고가 극심할 때마다 값이 나갈 만한 것부터 이웃들에게 팔아넘기던 어머니 모습까지, 오래된 흑백영화의 한 장면처럼 생생하게 뇌리를 스쳐갔다. 주마등같이 명멸하는 기억의 터널 속을 질주하던 중 어느 한 장면에 이르렀을 때, '아 참, 그랬지!' 하는 때늦은 깨달음에 거의 무릎을 칠 뻔했다. 팔다 남은 물품들을, 아버지를 연상시키는 물건이라며 꼴도 보기 싫으니 숙부가 다 가져다 버리라고 시위하던 어머니 표정이 또렷이 떠올랐던 것이다. 놀랍게도 그토록 오랜 기억들이 숙부의 말을 전해 듣는 아주 짧은 순간에 마치 슬로모션으로 선명하게 재생되었다. 그때 건네진 유품의 일부가 아직까지 남아 있었다는 것이었다. 숙부가 그들을 애지중지하며 실로 오랜 세월 동안 간직해 왔다는 생각에 이르자 마음이 숙연해졌다.

반면, 하필이면 아버지 유품에 가시면류관을 심어 전해 주었는지에 대해서는 선뜻 말문을 열지 않았다. 다만 한마디, 아버지는 자신에게 '생명의 은인이고 영원한 정신적 지주요 안식처'라고 했다. 6·25가 발발하고 9·15 인천상륙 전까지 적 치하에 놓여 있던 시기에 숙부는 아버지의 지혜로 큰 위기에서 벗어났다. 아버지가 의용군으로 끌려 나가게 된 숙부를 한 번은 맹장수술, 또 한 번은 치질수술을 생으로 받게 하여 징집에서 제외시켜 주었던 것이다. 숙부는 그 뒤 9·28 서울 수복 후 국군에 입대해 참전했다가 살아 돌아와 전쟁유공자 신분이 되었다. 그러나 아버지의 납북으로 연좌제에 묶여 '요시찰 인물'로 낙인이 찍히는 바람에 평생 공직에 취업할 수 없었다. 그 일로 혹시 아버지가 숙부 인생에서 '가시면류관' 같은 존재가 아니었을까 짐작했는데 끝내 그 얘기는 함구하셨다.

전화를 끊은 후에도 한 동안 두 번째 의문을 숙부에게 던졌던 것이 못내 후회되어 착잡한 심정으로 마음을 바장이었다. 머쓱해진 감정을 추스를 겸 같은 질문을 이번에는 나 스스로에게 돌직구처럼 날려보았다. 아버지가 아직도 내게 가시면류관으로만 남아 있는가라고.

납북 당시 탈출에 성공했던 동료 의사들과는 달리, 과감한 결단을 내리지 못한 소심한 성격의 소유자였을 것이라고 폄훼했던 기억이 제일 먼저 떠올랐다. 이어 극도로 경제상황이 어려워질 때마다 '이게 다 아버지 때문'이라고 원망했던 푸념 속 어린 시절이 뒤따랐고. 그래서만은 아니지만 특히나 아버지 관련 얘기에 민감했던 어머니의 심정을 감안해, 남북 이산가족 찾기 운동이 대대적으로 펼쳐졌어도 신청조차 하지 않았다. 그러나 돌이켜보건대 이토록 막연하나마 아버지에 대해 품어왔던 불만과 원망의 몽니도 반백년을 넘는 세월 속에 함몰되어 버린 듯했다. 반면 그토록 오랜 세월이 지났음에도 그 동안 미처 깨닫지 못했던, 아버지에 대한 막연한 추억이나 동경은 마음 심연에 고이 남아 있었던 것을 새삼스럽게 깨달았다. 이제는 '아버지'라는 말을 연상할라치면 오히려 그리움과 연민 그리고 즐거웠던 시절의 다정했던 모습의 편린이 떠오르곤 한다.

　얼마 뒤 '구글 어스'를 이용해 고향 산천을 더듬어보았다. 황해도 벽성군 운산면 지촌리. 기억은 없지만 귀가 따갑게 들었던 마을 어귀 모습은 언제나처럼 정겨웠다. 이름 모를 병으로 고모가 오래 앓아눕자, 굿판을 벌였던 할머니가, 무당의 권고대로 귀신이 씌웠다는 아버지의 기타를 냇물에 띄어버렸는데, 하류에서 몰래 기다리다 그것을 건져내어 서울로 줄행랑쳤던 개울가의 아버지 모습이 선명히 떠오르는 듯했다. 아기도 못 낳는다며 백일기도를 드리라고 해서, 지성을 드리고 있던 어머니를 몰래 찾아가, 별의 역할을 다하고 떠난 덕에, 내가 태어났다는 수양산 정상 부근 모습도 또렷했다. 형상마저 희미해진 아버지 모습이지만, 그동안 내 마음 속에 유머감각이 넘치고 정겨움 가득한 존재로 깊이 각인되어 있음을 다시금 확인할 수 있었다. 이제 더 이상 아버지는 상상 속에서도 가시면류관 같은 아픔을 주는 존재가 아니었다. 오히려 아버지는 나라는 생명을 잉태하게 해주었고, 남다른 재능을 타고날 수 있게 해주었다는 사실, 그리고 단편적이지만 어머니가 들려주었던 아버지의 행적이 나로 하여금 온갖 고난을 헤쳐 나갈 불굴의 정신력으로 거듭날 수 있게 해주었다는 확신이 들었다.
　이후 책상 위에 놓인 가시면류관과 청자화분을 매일 아침 물끄러미 바라보며 명상하는 습관이 정착되었다. 물론 가시면류관이 내게 유품으로 전해진 진짜 의미(만일 있다면)는 무엇인지 단정할 수는 없다. 단지 아버지는 더 이상 원망이나 고난과 연계해 회상할 가시면류관 같은 존재가 아니라는 것만은 확실했다. 기왕에 정답이 없는 이상 나는 아버지가 자신이 끌려간 뒤 험난한 가시밭길을 걸어야 했던 가족들을 위로하기 위해 늦게나마 숙부를 통해 유품 속에 꽃기린으로 현신한 것으로 받아들이기로 했다. 가시면류관의 수난에도 불구하고 불멸의 영혼으로 부활한 예수님 생각이 불현듯 떠올랐다. ─ 2022년 5월

어떤 해후
— H 이야기 1

H는 내게 먼 일가(사돈의 팔촌 격)이면서 같은 나이 또래 어릴 적 친구이기도 하다. 그녀의 목소리는 낮고 걸쭉했으며, 거북살스러울 만큼 덩치가 컸다. 남자였다면 영락없는 장군 깜이다. 인천의 피란민 촌 '자우란'을 본거지로 하는 여성 왈패 그룹(장미파라 불렸음)이 있었는데, 내 기억이 맞는다면 일곱 여성으로 구성되었다 하여 '칠공주파'라고 불리기도 했다. H는 자기가 바로 그 조직의 보스라고 자칭하고 다녔다.

어떤 연유에서였는지는 모르나 H가 우리 집에서 하룻밤을 묵어간 일이 있었다. 아무리 친척 간이라지만 혈기 왕성한 고등학생 남녀가 한 방에서 잠을 잔다는 것은 아무래도 신경 쓰이는 일이었다. 더구나 잠버릇이 고약한 H가 이불을 마구 걷어차는 바람에 은밀한 신체 부위가 노출되어, 나는 밖에 나가 밤을 새다시피 한 적이 있었다. 이러한 H의 대범한 성격을 목도하며 나는 나자신이 한없이 작아지는 것을 느끼기도 했다. 아니 그보다는 내가 갖지 못한 성격을 가진 H를 선망하였다는 것이 정확한 표현일 듯싶다. 그러던 중, 내가 대학 입학과 동시에 서울로 이사하면서, 그녀와는 연락이 두절되고 말았다.

1974년 여름, 그러니까 내가 인디아나대학에 유학 중일 때였다. 느닷없이 걸려온 전화에서, 무게감 있는 굵고 허스키한, 낯익은 목소리가 들려오자 나는 즉시 그것이 H임을 알 수 있었다. 10년 가까이 무소식이었던 H가 미국, 그것도 지척에 살고 있다는 것이 놀라웠다. 아내와 함께 서둘러 그녀가 산다는 신시내티 시로 내려갔다.

우리 부부는 청바지에 티를 걸친 간편 복장으로 방문했는데, H는 낯설게도 정장 차림이었다. 게다가 요조숙녀 티까지 내고 있었다. 인천을 주름잡던 왈패 두목에 결코 어울리지 않는 모습이었다. 집안은 깨끗이 정돈되어 있었고, 가구는 사치스러워 보였다. 아 그런데 놀랍게도 자리를 함께한 그녀의 남편은 흑인이었다. 그러고 보니 H가 미군과 국제결혼을 했다는 얘기를 얼핏 듣기는 한 것 같았다. 이런저런 사정으로 우리를 맞는 데 신경을 쓴 듯했다. 궁금한 것이 많았으나 그렇다고 노골적으로 물어볼 수도 없는 일이었다.

어색한 분위기를 눈치 챈 H가 솔선하여 지난 10년간의 행로를 담담하게 털어놓기 시작했다. 6·25전쟁에서 상처한 아버지가 알량한 재력을 앞세워, 대학까지 졸업한 여인을 새 아내로 맞아들인 일, 그리고 새엄마와의 사이에서 두 여동생이 태어나 졸지에 총 5자매를 거느리는 가장이 되었던 추억부터 소환했다.

아버지가 아들을 갖고 싶다는 핑계로, 자신과 같은 또래의 어린 계집을 첩으로 들였던 사실을 들먹일 때는 마음이 격해졌는지 언성이 사뭇 높아졌다. 감수성이 매우 예민한 여학생 시절, 아들 하나 얻겠다는 이유로 어린 여자를 맞아들인 아버지가, 자신에겐 짐승이나 다름없는 추악한 존재로 비춰졌다고 토로했다. 아버지 얼굴만 봐도 먹은 게 다 올라올 정도였으나, 자신이 달리 어찌해 볼 도리가 없어 결국 자포자기 심정으로 가출하게 되었다는 말로 일단 숨을 골랐다.

모처럼 불행했던 과거를 회상하는데 마음이 불편해 보이는 H를 안정시키기 위해 내가 걸어온 나의 일상 얘기로 말머리를 돌리려 했으나, H는 작정이라도 한 듯, 계속해서 그때까지 자신이 걸어온 길을 담담히 쏟아냈다. 상당 시간에 걸쳐 전해 준 그녀의 과거행적은 다음과 같았다

H의 표현대로라면 죗값을 치르려 했는지 아니면 운명의 장난이었는지, 첩년(H는 아버지의 셋째부인을 그렇게 불렀다)으로부터 태어난 아이들도 딸들이었단다. '7공주 집안'은 그렇게 생긴 거였다. 그런 뒤 아버지는 그 셋째부인에게서 그토록 고대하던 아들 둘을 얻었다면서 푸념에 찬 신음을 토해냈다.

가출 후 H는 이태원 지역에서 식당 종업원 생활을 시작했고, 아버지에 대해 원수라도 갚겠다는 심정으로 정말 억척같이 일했다고 했다. 덕분에 불과 3년 만에 동두천 근처에 자신 소유의 조그만 식당을 가질 수 있을 만큼 돈을 모을 수 있었다고 했다.

"혹 거기서 지금의 남편을 만난 건가?"

"맞아. 남편 이름은 밥 카터야. 나이는 우리보다 좀 많지만, 너도 그냥 미국식으로 '밥'이라 불러주면 좋아할 거야. 그렇지,

밥?"

"물론. '교수님' 처남이 그리 불러주면 영광이지."

나는 당시 박사과정 학생으로 대학에서 강의를 하고 있을 뿐이었는데, 밥은 나를 교수라 불렀다. 남들에게 소개할 때도 자랑스레 그리 부르겠다고 했다. 그날 H가 부탁해서 가져간 영한사전에 단어들마다 짙은 밑줄이 쳐져 있는 걸 본 밥이 경탄했다. 자신도 모르는 수많은 영어 단어를 공부했다고 생각하고 나를 대단한 사람이라 짐작한 거였다.

의정부에서 식당을 운영할 당시 H가 본 밥은 근면 성실한 미군 병사로 계급이 상사에 이르렀고, 우직하기 이를 데 없는 품성을 가진 신체 건강한 남성이었다고 했다. 불행하게도 함께 한국에 와 있던 그의 전처와 어머니 그리고 여동생은 도가 넘을 정도로 불량한 여성들이었단다. 특히 그의 전처는 마약과 사기, 도박은 물론 도벽까지 심했다. 밥의 공용 신용카드를 몰래 빼내어 마구 쓰는 바람에 중사로 강등되고 급기야 전역을 권고 받게 된 밥을 위로한 이가 그 시기 만난 H였다. H의 강력한 권고로 밥은 이혼을 했고, 이후 결혼한 지 이십 년이 되었지만 둘 사이에 자녀는 없었다.

"밥이 네게 호감을 갖게 된 것은 이제 알 것 같은데, 너는 밥의 어떤 점이 맘에 들었던 거니? 차제에 이실직고해 봐."

나의 질문에 머쓱해진 H가 덩치에 어울릴 성싶지 않은 수줍은 표정으로 당시의 심정을 엉거주춤 꺼내 보였다. 처음에는 자신의 아버지와 너무나 상반된 품성을 가진 밥에게 자연스레 관심이 갔다고 했다. 그렇지만 외국인과 그것도 흑인과의 국제결혼이란 상상조차 못했던 일이었단다. 그런데 시간이 지나면서 점차 다른 생각이 들어서기 시작했다나.

무엇보다도 밥은 믿고 의지할 수 있는 진실한 품성의 소유자일 뿐 아니라, 천성이 매우 착해, 우악스럽기 그지없는 자신의 언행을 인내심을 가지고 받아줄 수 있을 것이란 생각이 들었다고 했다. 그러나 H가 결국 밥과 결혼하기로 결정하게 된 결정적인 이유는, 그와 국제결혼을 하면 지긋지긋한 아버지 꼴은 두 번 다시 보지 않아도 될 것이란 기대감 때문이었단다. 그래서 결혼과 동시에 즉시 전역하고 미국으로 건너와 새로운 가정을 함께 꾸민다는 조건으로 청혼을 받아들였다고 했다.

다행스럽게 밥은 H와의 결혼 후 전역과 동시에, 미군 당국의 알선으로 신시내티 근교의 노인 요양 시설기관 및 노인 전문 병원 매니저로 부임하게 되었다. H가 우리 부부를 초청했던 때가 바로 이 시기였다. 나름대로 자신의 생활이 안정되면서 일가의 한 사람인 나를 통해, 친정 가족들에게 자신의 성공담을 간접적으로나마 전하고 싶었는지도 모른다. 아마도 그래서 우리를 초청할 당시 옷차림부터 가구에 이르기까지 그토록 세심하게 신경을 쓴 것 같았다. 이전의 H가 과거와는 전혀 다른 사람으로 재인식된 날이었다. ― 2021년 가을

인종차별
— H 이야기 2

"보자 보자 하니까 이년들이 겁 대가리도 없이 어딜 감히 와서 행패야, 행패가."

얼마 전 '장미파' 두목다운 태도로 돌변한 H가 밥의 전처와 모녀의 머리채를 휘감아 질질 끌고 나가, 문 밖으로 내동댕이쳐 버린 적이 있었다는 얘기를 전해 왔다.

H 내외가 비로소 안정을 찾아갈 즈음 문제의 여성, 그러니까 밥의 전처가 밥의 어머니와 여동생까지 동원하여 하루가 멀다 하고 찾아왔다. 위자료를 추가로 요구하는 동시에 감당하기 어려울 정도의 난동을 부려가면서 말이다. H가 처음에는 좋은 말로 대화해 보려 하였으나 전혀 말이 통하지 않았다. 타협의 여지가 전혀 없는 막무가내 행태가 지속되다 보니, 달리 대응해 볼 방도마저 없는 지경에 이르러 결국 H가 극단적인 대응책을 강구했다.

지극히 무례한 처사였지만 일단 그 사건 이후 전처나 모녀가 다시 찾아와 행패를 부리는 일이 없게 되었고, 비로소 이들로부터 해방될 수 있었다니 그나마 다행이었다. 놀라운 것은, 상대가 자신의 전처와 어머니 그리고 여동생이었음에도 불구하고, 밥은 자신을 악녀들로부터 해방시켜 준 은인이라며 오히려 H에게 감사했다는 점이다. 가족관계에 있어서도 동서양간 차이가 있겠지만, 아마도 그 여성들은 그처럼 극단적인 대처가 없었다면 결코 떨쳐내 버릴 수 없었을 정도의 불량여성들이었던 것 같다. 어찌되었든 이렇듯 격한 투쟁 과정을 거쳐 자신의 입지와 가정의 안정을 찾아가던 H에게 예기치 못한 불행이 닥쳐왔다.

신시내티에서의 재회 후 약 1년 반 정도 시간이 지난 1975년 12월, 겨울방학이 막 시작될 무렵이었다. 대다수 학생들이 고향으로 떠나버려 텅 빈 캠퍼스는 을씨년스럽기 이를 데 없었다. 마치 황야를 연상케 하는 교정에 유학생들만 오갈 데 없이 덩그러니 남겨져 있었다. 바로 그때 H로부터 전화가 왔다. 신시내티에서 콜럼버스로 이사하게 되어 연락이 뜸했다면서. 전화 속에서 들리는 H의 목소리는 금방이라도 울음을 터뜨릴 것 같았다.

전해들은 사건의 전말은 이러했다. 바로 전날 밤, H 내외가 신시내티시가 운영하는 노인 병원장들의 부부동반 송년모임에 참가했다가 귀가하던 길이었다. 그런데 요란한 경적과 '칼 치기'로 고속도로를 휘젓던 청소년들을 피하려다가 차가 그만 노견 아래 개울로 전복되었다. 아마도 H부부가 타고 있었던 차가 캐딜락이라는 고급승용차였기에 생명을 부지할 수 있었던 것 같았다. 다행히 H는 여기저기 멍이 드는 정도의 찰과상을 입었지만 운전대를 잡았던 밥은 어깨와 팔 등이 골절되는 제법 큰 부상을 입었다.

간신히 차에서 탈출한 두 사람이 911에 구조를 요청하려던 순간, 때마침 교통경찰순찰차에 의해 발견되었다. 아 이제는 살았구나 싶어 안도할 즈음 한밤중에 선글라스까지 낀 모습으로, 껌을 질겅질겅 씹으며 다가온 교통순경은, 이리저리 플래시를 비추며 밥 내외를 살펴보더니, 어처구니없는 말을 내뱉었다. H의 턱을 경찰봉으로 밀어 올리더니

"이 년, 동양에서 온 창녀 같지 않아?"

라고 했고 밥에게는

"아 그렇다면, 네놈은 포주로구나."

라는 모욕적인 언사를 퍼부었다. 기가 막혀 할 말을 잊고 있던 밥이, 간신히 정신을 수습하며, 자신은 인근 노인 요양병원 매니저라고 신분을 밝혔는데도, 2인 1조의 백인경찰들은 들은 척도 않고, 골절된 팔을 비틀어 수갑을 채워버렸다. 포주 짓을 하지 않았다면, 너 같은 깜둥이가 어떻게 이처럼 좋은 옷을 입고, 사치스런 차를 몰고 다닐 수가 있겠느냐며.

악다구니로 덤벼들던 H도, 경찰봉 세례를 퍼붓던 다른 경찰에게 제압당한 채 함께 연행되었다. 막강했던 인천 '장미파' 두목 H로서는 이처럼 일방적으로 무참히 짓밟혀 버릴 수만은 없다고 생각했던 것 같다. 끌려가면서도 한국말과 영어를 섞어가며 갖은 욕설을 퍼부었고, 서에 이르러서는 보이는 물건을 마구잡이로 던져가며 항의했단다. 그래서만은 아니겠지만 여하튼 H는 먼저 풀려나왔다.

혼자 집으로 돌아온 H는 즉시 밥이 소속된 노인요양병원에 신원확인을 경찰서에 통보해 달라고 부탁하는 한편, 병원 소속 변

호사를 통해 구금 상태에서나마 골절된 팔다리 치료를 받을 수 있도록 조치를 취해 달라고 부탁했다. 이와는 별도로, 밥을 하루라도 빨리 석방시키려면 인근 도시(인디아나 주 포트웨인 시)에 경찰서장으로 재직 중이라고 얼핏 들었던 밥의 동생을 찾는 일이 최선일 것이라 생각했다. 그런데 여러 정황상 자신이 집을 비우고 찾아 나서기 어려우니 내가 와서 좀 도와줄 수 있겠느냐고 구원을 요청했던 것이다.

"이형(문 목사는 나보다는 연상이었지만 나를 그리 불렀다), 내가 지도하고 있는 태권도 유단자들이 20명 정도 있습니다. 그 친구들을 데리고 밥이 구금되어 있다는 경찰서에 가서, 강력히 항의해 볼 생각인데 어떻겠습니까?"

H의 집에 당도하자마자, 문 목사가 그렇지 않아도 불그스레한 얼굴에 열을 올려가며 내뱉은 말이었다. 밥의 석방을 위해 달리 취할 방도가 없는 이상, 심정적으로는 나 또한 그렇게라도 해보고 싶다는 충동은 들었다. 그러나 그런 시위가 과연 효과가 있을지 확신이 서지 않았고, 오히려 사태만 악화시킬 수도 있다는 생각에 일단 침묵했다.

문 목사는 내가 한국에 있을 때, 우리 집에 세 들어 산 적이 있는 사람으로, 국제 결혼한 여동생 초청으로 이민 와 있었다. 그렇기 때문에 누구보다도 국제 결혼한 한국 여성들이 겪는 어려움을 잘 알고 있어 H와 같은 사람들 일에 남다른 관심을 보여 온 사람이다. 내가 문 목사에게 제일 먼저 도움을 청했던 것도, 바로 이러한 그의 배경 때문이었다.

느닷없는 태권도 제자 동원 제의에 침묵하자 문 목사가 민망해 하는 듯했다. 나는 짐짓 말머리를 바꾸며 침묵을 깼다. 우선 밥의 동생부터 찾아내어 상의해 본 연후에 어찌할지를 결정하는 것이 좋지 않겠냐는 의견을 냈다.

다음날 어렵사리 연락이 닿은 밥의 동생이 자초지종을 전해 듣더니 깜짝 놀라며, 자기가 도착하기 전엔 절대 아무 일도 말라는 부탁을 해 왔다.

"우선은 문 목사에게 경거망동하지 말라는 말부터 전하세요. 자칫 감정대로 행동했다가는 경찰의 총알받이가 될 뿐이에요. 아이 참, 몰라도 미국의 문화를 너무도 모르시네요."

명분은 달랐지만 지금까지도 경찰에 의한 과잉 진압과 폭행이 끊이지 않고 발생하는 것을 목격해오며, 미국 내에서 공권력에 대한 저항은 실로 생명을 담보해야 할 만큼 큰 희생을 초래할 수 있다는 사실을, 나 또한 뼈저리게 실감한 바 있었다. 훨씬 후의 일이지만, 백인경찰들의 흑인 로드니 킹 구타사건에서 촉발된 LA폭동 사건은, 미국의 차별적 공권력 행사의 진수를 웅변적으로 대변해 주었던 사건이라 할 수 있다.

다행히 다음날 동생의 도움으로 밥은 석방될 수 있었고, 바로 병원으로 이송되어 치료에 들어갔다. 그러나 그뿐이었다. 시시비비를 가리거나, 부당한 경관을 처벌하는 따위의 일은 꿈도 꿀 수 없는 일이었다. 미국은 지방자치가 철저하여, 본인이 비록 인접한 도시 포트웨인 시의 경찰서장이지만 이곳에서는 단지 피의자의 가족일 뿐이고, 그가 비단 FBI요원이라 해도 어찌해 볼 도리가 없는 것이 미국식 현실이라 했다. 아마도 이번 일이 외부에 알려지면, 해당 경찰서의 백인 서장이 다음번 선거에서 또다시 당선될 가능성만 높아질 뿐이라고도 했다. 소위 깜둥이를 본때 있게 혼내 주었다고 주민들이 생각할 것이기 때문이다. — 2021년 가을

어떤 복수
― H 이야기 3

자신이 통제할 수 없는 사건을 처절하게 겪으면서 H는 미처 알지 못했던 미국사회 현실에 엄청난 충격을 받았다. 자신감마저 잃은 채 깊은 허탈감에서 빠져나오지 못했다. 나로서는 어떤 형태로든 H에게 국면전환이 필요하다는 판단을 했다. 문득 문 목사의 이민사가 떠올랐다.

문 목사의 여동생은 한국에 진출해 있던 미국기업 직장상사와 결혼해서 10년 전쯤 미국에 와 있었다. 집안의 반대가 심한 결혼이었는데 그나마 여동생 남편이 독일계 백인으로 인물이 매우 준수한 편이라 문 목사도 그 반대를 무마하는 데 일조할 수 있었다. 실제로 그 친구는 여성에 대한 예절이나 언행이 남달리 깍듯했고 더구나 처갓집에 대한 재정 지원까지 약속했다. 그랬던 그가 미국에 온 후에는, 갖은 폭언에 구타까지 가하고 있어서 여동생이 하루하루를 눈물로 지새운다는 소문이었다. 문 목사가 미국에 온 것은, 견디다 못한 여동생이 자신의 상황을 타개하기 위해 이민 형식으로 오빠를 초청해서였다.

문 목사는 동생 집을 자주 방문했다. 조카들이 태권도를 좋아한다는 걸 알게 된 뒤부터 동생 집 앞마당에서 조카들을 모아 태권도를 지도하게 되었다. 문 목사는 조카들을 일부러 거칠게 다루었다.

"야, 이 녀석아. 이렇게 하란 말이야, 이— 렇게. 너 돌대가리냐?"

문 목사는 자신이 지도하고 있는 흑인 유단자들을 가끔 데리고 가서, 벽돌이나 송판 등을 격파하는 시범을, 그것도 동네 사람들까지 초청하여 보여주었다. 누이에게 이런 파괴력을 지닌 오빠가 있으니 절대 누이를 함부로 대하지 말라는 무언의 위협이었다. 법치주의가 철저한 선진국이지만, 실제로는 그보다는 무력이나 총기 사용이 보다 빠르고 효율적이라 생각하는 미국인들의 심리를 십분 활용한 접근방법이었다.

문 목사의 경험담을 H에게 조심스레 전해 주었다. 부부 사이에 감당하기 어려울 정도의 위기가 닥친 경우에도 전화위복의 기회가 마련될 가능성이 있으며, 그리고 문제의 해결은 또 다른 가족 구성원의 도움으로 가능할 수 있다는 메시지와 함께. 비록 문 목사 동생의 경우와 다르기는 하지만, 외롭고 어려울 때 서로 의지할 수 있는 일가친척을 한국에서 초청하는 것도 도움이 되지 않겠느냐는 말을 곁들였다. 순간 H의 얼굴 위로 스쳐가는 심경의 변화를 감지할 수 있었다.

우리가 집으로 돌아온 바로 다음날 아침 H가 또 다시 전화를 걸어왔다. 밤새 고민한 끝에 한국에 있는 언니들을 미국으로 초청하겠다는 생각을 굳혔다는 통보였다. 번갯불에 콩 볶아 먹듯, 어제 밤에 이미 언니들에게 자신의 생각을 전했다고 했다. 자존심이 강한 큰언니는 거절했지만 생활고에 시달리던 바로 위 언니는 미국 이민에 찬성했단다. 결단력이 강하고 용기가 있는 H였지만, 이토록 과감히 그리고 신속히 실행에 옮길 줄은 몰랐다. 어쩌면 H는 자신의 언니들도 그 지긋지긋한 아버지로부터 해방시켜 주고 싶은 생각이 들었는지도 모른다.

"그런데 말이야, 언니 식구를 초청하기 위해서는, 지금보다는 더 많은 소득원이 필요할 것 같아. 그래서 아직 병원에 입원 중인 밥에게, 요양병원 매니저 직을 사임하고 퇴직금을 받아 음식점 사업을 시작하자고 제안했어. 밥도 이곳에서 한시 바삐 떠나고 싶어서인지 흔쾌히 응락했고."

"와, 성질도 급하셔. 하룻밤 사이에 그 모든 결정을 다 했다고? 경의를 표하고 싶다. 그런데 미국에서의 음식점 사업이 녹녹치 않을 텐데."

"동두천에서 쌓은 식당 경험을 살리면 성공할 수 있다고 봐. 만의 하나 실패하더라도, 밥의 군인 연금이 있잖아."

하루 밤만의 결정이지만 나름대로 치밀한 계획과 고심 끝에 얻은, '장두(장미파 두목)'다운 과감한 결단이라는 생각이 들었다.

일단 결단이 서자, H는 신속히 계획을 실천해 나갔다. 얼마 후 그녀가 선택한 식당은 스페인 음식점이었고 멕시코계 미국인이 많이 밀집해 사는, 필라델피아 시내의 템플대학교 후문 근처였다. 그로부터 약 1년 후, 당초 계획대로 작은언니 가족을 미국으로 불러들였다. 단 어떤 경우든, 아버지에게 재정적인 도움을 주지 않겠다는 조건만은 절대로 어겨선 안 된다는 약속을 받아낸

연후였다나.

　가출 후 한 번도 꿈에서조차 만나본 적 없는 아버지가 성큼성큼 다가왔단다. 어떻게 미국까지 나를? 치가 떨릴 만큼 증오했던 아버지 모습이 보이자, H는 마구 폭언을 퍼부으며, 뻔뻔하게 이제 와서 무슨 면목으로 나를 찾아 왔느냐고 고래고래 소리를 질렀단다. 그런데 그토록 안하무인격으로, 폭력을 휘둘렀던 아버지였는데, 어쩐 일인지 얼굴조차 들지 못한 채, 가슴에 안고 있는 무엇인가를 쭈뼛거리며 내밀고 있었다나. 천천히 다가가 들여다보니 어린아이 인형 같은 것이라, 그 황당하기 이를 데 없는 행동에 누굴 놀래킬 일 있냐며 내팽개쳐 버렸단다. 그러자 머리를 두어 번 숙이는 듯하더니, 총총 사라져 버렸다고 했다.

　언니 식구가 들어왔다는 소식을 들은 지 약 반 년 정도 지났을 무렵 언제나처럼 느닷없이 전화를 걸어온 H가 전한 꿈 얘기였다. 그러면서 함께 전한 자신의 심경은 의외였다. 어깨가 축 처진 채 돌아서는 아버지 모습을 보며 난생 처음 연민의 정을 느꼈다는 것이다. 하기야 영감탱이도 많은 식솔 먹여 살리랴 고생도 많았고, 본가 가족들로부터는 평생 냉대만 받지 않았는가 하는 생각도 들었단다. 비록 꿈이기는 하지만, 뜻밖에 아버지가 갑자기 나타난 것이, 도대체 무슨 의미인지 모르겠다며 내게 물어온 것이었다. 경제적으로 어려운 언니네 가족을 초청해 준 일과 연관된 일인 것 같기는 한데, 글쎄 아기 인형은 뭔지 나도 모르겠다고 답했다. 일단 자신도 비슷한 생각을 했다면서, 곰곰 생각해 본 끝

에 새로운 계획을 추진해 보겠다고 했다

　다음날 아침 H가 전해 온 소식에 나는 내 귀를 의심하지 않을 수 없었다. 하룻밤 사이의 결단은, 이미 H의 전매특허가 되다시피 한 일이지만, 이번 경우는 차원이 다른 내용이었다. 내친 김에 이번에는 '첩년'이 낳은 첫아들(당시 초등학교 저학년 생이었음)을 데려오겠다는 것이다. 아마도 아버지가 꿈속에 아이 인형을 안고 나타나 자기에게 전해 준 이유가 무엇인지는 모르겠지만, 어쨌든 자신이 그렇게 하고 싶어졌다는 것이다. 이것이 아버지에 대한 원한을 털어버리는 일인지, 아니면 복수를 하는 길인지 자신도 잘 모르겠다고 했다. 나는 그 계획에, 셋째부인이 과연 찬성할지 의문이 들고, 또 그 사람 애를 데려다 키우는 일을 네가 정서적으로 감당할 자신이 있는지 우려가 된다며, 일단 재고해 볼 것을 권했다.

　H의 결단은 단호해 보였다. 상의가 아니라 그저 자신의 결심을 내게 통보해 주며, 집안 내에서 이 일과 관련해 의견을 물어오면, 자신의 입장에 서달라는 무언의 명령 같기도 하였다. '영감탱이'가 죽은 후 이렇다 할 경제력이 없는 셋째부인이 2녀 2남의 아이들을 제대로 교육시킬 힘이 없어 자신의 제안을 거부하기 어려울 것이라 했다. 이복 남동생을 데려다 제대로 교육을 시키기 위해 지금보다도 높고 안정적인 수입원이 필요하므로 필라델피아 시 중심에 위치한 우범지역 내 슈퍼마켓을 인수할 계획이라 했다. 위험도가 높은 만큼 수익률도 높기 때문이라는 거였다. H는 셋째부인이 거절할 것을 대비해 미국으로 초청돼 올 아들 말고 남

은 세 자녀 교육비를 대주겠다는 조건까지 히든카드로 준비하고 있었다.

그러던 어느 날 H가 한껏 격앙된 목소리로 전화를 해왔다. 생활고에 시달리던 셋째가 드디어 자신의 제안을 받아들일 것 같다는 거였다. 그런데 이번에는 자신이 H에게 추가로 내세운 조건 하나를 설명해 주었다. 그 조건은 바로, 미국으로 올 셋째부인의 맏아들 즉 자신의 이복 첫 동생이 자신을 '엄마'라고 부르도록 해야 한다는 거였다. 나는 이복 남동생을 초청하는 방식의 이민인데, 어떻게 법적으로 그 동생이 아들이 될 수 있느냐고 되물었다. 물론 법적으로 양자 입적이 될 수는 없지만 적어도 가정 내에서는 반드시 셋째부인의 아들이 자신을 어머니라 부르고 또 섬기도록 만들겠다는 것이 H의 대답이었다. 일단 자신이 유리한 고지를 확보했다고 확신한 H가 선택한, 셋째부인에 대한 최소한의 복수인 셈이었다. 예상 밖의 조건 제시 때문이었는지, 이후 또 여러 달 이렇다 할 진전 없이 지나갔다. 그러나 자신에 찬 H는 잘 나가던 식당을 처분하고, 원래 계획대로 펜실베이니아대학 뒤편 할렘지역에 있는 슈퍼마켓을 인수했다. 남동생이 올 경우를 대비해 일단 더 큰 소득원을 마련하기 위해서라 했다.

새로 인수했다는 슈퍼마켓 개업을 축하도 할 겸 H를 방문했다. 슈퍼마켓은 식당이 있던 지역보다도 훨씬 위험한 우범 지역 내에 위치하고 있었다. 나 같은 사람에게는 잠시도 긴장을 놓을 수 없을 만큼 위험한 지역이었는데, 흑인 이외 사람은 찾아보기 어려운 황량한, 마치 서부영화에서 본 폐허가 된 동네 한 복판 같은 지역이었다. H부부가 우리를 안내하기 위해 슈퍼 앞에 이르렀을 때였다. 가게 문 앞에 노숙자처럼 보이는 흑인이 앉은 듯 누운 듯 건물에 기대어 졸고 있는 모습이 들어왔다. 갑자기 H가 다가가더니 고함을 지르며 욕을 퍼붓기 시작했다. 왜 남의 가게 앞에 죽치고 앉아 영업을 방해하느냐는 것 같았다. 노숙자가 눈을 마주 쳐다보지도 못한 채 비실비실 자리를 뜨자 H은 재수 없다며 물을 한 대야 내다 뿌렸다. 밥은 자리를 떠나는 노숙자에게 미안함을 몸동작으로 대신 표현해 보였다. 그런 식으로 하다 봉변을 당하면 어떻게 하냐며 걱정스레 말을 건넸더니, 그렇게 안하면 동양여성인 자기가 이런 동네에서 어떻게 살아남을 수 있겠느냐고 했다.

가게에 들어서자 H가 아침부터 어수선했던 분위기를 일신도 할 겸 모닝커피를 곁들인 스낵을 준비하겠다고 부산을 떨고 있을 때 전화가 걸려왔다. 내게 걸려온 전화는 아니지만 긴장되기는 마찬가지였다. 한바탕의 소란으로 기분이 꿀꿀해진 H가 궁시렁 거리며 수화기를 들었다. 갑자기 얼굴색이 확 바뀌더니 사뭇 흥분된 어조로 내게 무언의 손짓을 보냈다. 불현듯 그 셋째부인으로부터의 전화일 수도 있다는 예감이 들었다.

이 뒷얘기는 이렇다. 이복 남동생을 미국으로 데려다 혹독한 교육을 시킨 H는 그를 내과 의사로 키워냈고 결혼까지 시켜 단란한 가정을 꾸릴 수 있게 물심양면으로 뒷받침했다. 그때껏 그는 H를 'Mom'이라 불렀다. 이 정도라면 H의 아버지에 대한, 그리고 셋째부인에 대한 복수는 충분하지 않았을까 싶다. 어쩌면 H

의 복수는 자신을 막다른 궁지로 몬 운명을 향한 것이었고, 그것
은 마침내 성공을 거둔 것이 아닌가 싶다. —2021년 가을

형사취수(兄死娶嫂)

편협한 반감 때문일까? 여러 번 일본을 방문할 기회가 있었지만 마음이 내키지 않아 그만 두었다. 그러던 중 불가피하게 일본에 가야 할 사정이 생겼다. 2000년대 초반, 아시아태평양경제학회에 한국 측 대표 중 한 사람으로 히토츠바시대학(一橋大學)에서 열리는 창립총회에 참석하게 된 것이다. 배정된 호텔에 막 체크인하는 중이었다. 때마침 카운터를 지나 호텔 문을 나서는 장년의 일본인 한 사람이 내 시선을 사로잡았다. 저 친구, 혹시? 어릴적 죽마고우였던 K와 너무나 똑같아 보이는 신사였다.

K와 나는 초등학교 시절, 그 나이 또래 여느 아이들처럼, 자주 주먹다짐까지 해가며 싸우곤 했다. 안타깝게도 언제나 승자는 K였다. 우선 우리 집이 K네 집에 이런저런 이유로 신세지는 일이 가끔 있는 편이어서, 자연스레 K가 누리게 된 우월적 지위가 크게 작용한 점도 있지만, 샌님에 가까웠던 나에 비해 K는 주먹이 셌고 행동도 빨랐다. 더구나 나는 아이들 싸움의 최종적 후원자가 되어줄 아버지가 없다는 핸디캡 때문에, K와의 기세 싸움에서마저 유리한 고지를 차지할 수 없었다. 늘 터지고 울며 들어오는

나를 보고

"너는 주먹을 두었다 뭐하고 허구한 날 맞기만 하니?"

라고 하며, 나의 어머니는 안타깝고 서러운 마음에, 화풀이 겸 등 짝을 두들기곤 했다.

그럴 때마다 나는

"걔는 조선놈이라 당할 수가 없어"

라고 대답하곤 했는데, 이를 듣고 주위 사람들이 실소를 금하지 못했다.

"쟤가 무슨 얘기를 얻어듣기는 한 모양인데, 제대로 알아듣지 는 못한 모양이군." 하며

"그런 얘기 하면 안 돼."

라는 말로 매듭짓곤 했다.

실은 K는 '일본놈'(친아버지가 일본 관동군 장교였다고 함)이었고, 나 야말로 '조선 놈' 그러니까 '토박이 한국놈'이었다. K의 어머니 가 일본사람이었는데, 이제와 돌이켜 보면 외모나 행동거지만 보 아도 일본 여성이란 것을 쉽게 짐작할 수 있는 외양을 갖고 있었 다.

그런데 당시 K가 아버지라 불렀던 사람은 그의 생부가 아니었 다. 단지 K의 어머니가 동거인 신분으로 그의 집에 더부살이로 살고 있을 뿐이었다. 아버지란 분은 엄연히 한국인 부인이 있었 고 슬하에 1남 1녀를 두고 있었다. K는 이 여인을 어머니, 자신 의 어머니는 엄마라 불렀다. K에게는 남동생이 또 하나 있었다. 나중에 알게 된 사실이지만 그 동생의 아버지는 중국인이라 했

다. 어떻게 이런 일이 가능한지 알 수는 없었지만 그렇다고 K 부모님께 물어볼 수 있는 일은 더욱 아니었다. 이토록 복잡한 집안 내력에도 불구하고 3남 1녀의 자녀들은 친 형제 · 자매 이상으로 우애가 깊었다. 그러나 곧 이들 자녀들은 더욱 감당하기 힘든 가정사에 직면하게 되었다.

K의 어머니는 남의 자식 둘을 호적에까지 친자로 올려가며 보육 일체를 맡아준 K의 아버지에 어떻게 해서든 보상을 해야겠다고 작정했다. 6 · 25전쟁 직후 더구나 일본여성이 정상적인 직장을 잡는 일이 거의 불가능했던 터였기에, 그녀는 동두천 지역에서 미군을 상대로 하는 업소 일을 마다하지 않았던 것 같다. 당시로서는 흔히 양공주라고 손가락질 받던 신분이 된 것이다. 이러한 현실까지도 K의 아버지는 수용했다. 그런데 얼마 안 되어 K의 어머니가 흑인 미군 병사와의 사이에서 혼혈아를 출산하게 되었다는 소식이 전해졌다. 그 아이까지는 K 집안에서 허용되지 못했다. 다행히 흑인 병사는 혼혈아를 데리고 귀국했다. 그럼에도 불구하고 혼혈아 출산 사실이 밝혀진 이후 K 어머니의 가족 내 입지는 점차 좁아지면서 어려운 나날을 보내게 되었다. 바로 그때 그녀는 일본으로부터 뜻밖의 소식을 접하게 되었다.

K 어머니 시댁으로부터의 편지였다. 시동생이 형수님을 모셔오고 싶으니 즉시 귀국해달라는 내용의 글이 적혀 있었다고 한다. 쉽게 말해 오래된 일본의 풍습대로 미망인이 된 형수를 시동생이 아내로 맞아들이겠다는 얘기였다. 이른바 형사취수(兄死娶嫂)관습에 따라 달라는, 가족구성원 모두의 의사 결정 결과를 함

께 통보해 왔다고도 했다.

언젠가 형이 죽으면 동생이 형수를 새 부인으로 맞아들이는 혼인풍습으로 '형사취수제' 또는 '형사취수혼'(兄死娶嫂婚)이라는 제도가 일본을 포함해 우리나라 즉 고구려, 부여, 선비(鮮卑) 시절에도 존재했다고 배운 적도 있었다. 서양에서도 'levirate marriage'라 하여 '죽은 자의 형이나 아우가 그 미망인과 결혼하는 관습'이 있었다고 했다. 이 '형사취수혼'이 일본에서 현대에까지 유지되고 있으리라고는 생각조차 못했다. 어쨌거나 그것이 K 가정에서 실제의 일로 실현되고 있었다.

이 제도는 척박한 토지와 끊이지 않는 전쟁으로 생존의 위협이 일상화된 일본의 풍토에서, 가족의 생존을 유지하기 위한 방법의 하나로, 즉 죽은 가족 구성원의 부인과 남은 자녀를 돌보기 위한 방편의 하나로 유지되어 온 것이라 한다. 남편이 죽은 뒤 부인이 자녀들과 재산을 이끌고 자기의 친정집단으로 돌아가면 남편 집안이 대단한 손실을 입게 되는 결과를 막는 방책이기도 했다. 이러한 일본의 관습이 20세기 후반에까지 남아 있었고, 오랫동안 객지에서 파란만장하고 기구한 일생을 보내며 방황했던 K의 어머니이자 전쟁미망인이 바로 그 제도적 풍습에 따라 고향에 돌아갈 수 있게 된 것이다.

시동생이 형수를 새 부인으로 맞아들이고 싶다는 제안을 해온 것은 형이 전사한 1945년으로부터 무려 20년이나 경과한 때였다. 이는 아마도 시동생이 본처가 생존해 있어 '형사취수'할 용단을 내리기 어려웠기 때문인 것으로 짐작된다. 게다가 전처와의 사이에 자녀가 없었을 거라는 짐작도 가능했다. 하루빨리 혼인을 해서 후사를 얻으려 했다고도 볼 수 있었다.

말로 표현은 하지 않았지만 여전히 나로서는 납득하기 어려웠다. 비록 원래의 남편이 일본인이었다 하더라도, 중국인과 한국인 남자, 그리고 막판에는 미국 국적의 흑인과 삶을 함께 했던 여인을, 어떻게 부인으로 받아들일 수 있는지 도무지 이해할 수 없었다. 한국인의 관점에서 보면, 사실 K의 모친은 이 남자 저 남자를 거친 '화냥년'으로 매도될 수도 있다. 허나 여성들이, 불가피한 환경에서 스스로가 선택한 생존방식을 존중할 수밖에 없었던 역사적 배경 때문에, 일본인들은 이러한 행태에 대해 관대하다고 이해해야 할 것 같았다. 일본 특유의 지정학적 배경이 이토록 독특한 정조관념을 낳았는가 보다, 하고 이해하기로 했다. 아울러 이러한 일본인들의 특수한 정조관념에 비추어 볼 때 나는 비로소 그녀의 한국 내에서의 모든 행위가 납득이 갔다.

어렴풋이 짙은 화장을 한 그녀가 환히 웃던 얼굴, 집에 들를 때마다 미군 부대에서 나오는 시레이션, 껌과 비스킷, 그리고 깡통 통조림 등을 한 아름 들고 돌아오던 모습이 방금 호텔 밖을 나서고 있는 K와 매우 많이 닮은 장년 신사와 겹쳐 보였다. 넋을 잃고 과거로의 짧은 회상에 젖는 동안 그 신사는 총총 발걸음으로 사라져 갔다. 나의 죽마고우 K와의 해후 가능성마저 무산시켜 버린 채 말이다. ─ 2021년 여름

모르는 게 약

　머리가 띵하고 열이 났다. 몸살기마저 있었지만 목이 아프거나 기침이 나지 않아 감기나 독감은 아니리라 생각했다. 병원에 가는 대신 증상이 심할 때면 그저 해열 진통제를 가끔씩 복용하며 견뎠다. 삼 년 가까이 지속된 증상이었지만 별일 아닐 것이라 생각했다. 오랜 숙원인 전공 분야 서적 네 권을 동시 집필하는 일에 전념하다 보니 피곤이 중첩되어 그런가 보다 싶었다.

　그런데 그날, 그러니까 1994년 10월 21일 아침은 상황이 달랐다. 때를 가리지 않고 밀려오던 졸음이 감당할 수 없을 만큼 극심해졌던 것이다. 이 날을 내가 지금까지 기억하고 있는 것은 우연치 않게도 당일 아침 8시 조금 안 된 시간에, 매일 새벽 내가 출근 시 건너던 성수대교가 붕괴된 날이었기 때문이다. 문제는 한남대교 쪽으로 우회하여 학교로 가는 도중, 차창 밖으로 처참하게 붕괴된 성수대교의 충격적인 모습을 직접 목도하면서도, 나는 밀물처럼 몰려오는 졸음을 견디지 못해 어찌할 바를 모르고 있었다는 점이다.

　몰려오는 졸음을 쫓기 위해, 스스로 따귀를 치고, 볼을 꼬집어

보곤 하였지만, 별 소용이 없었다. 비틀대는 운전에, 지나가는 차량들이 경적을 울리거나 욕을 해와도, 졸음을 떨쳐버리기 어려웠다. 억지로 참아가며, 비틀비틀 차를 몰아가다 결국 약수동 근처에 이르자마자, 주택가 골목으로 들어가 쏟아져 내리는 잠을 받아내야 했다. 천근같이 무거워진 눈에서는, 감정 선과 상관없는 눈물이 마구 쏟아져 내렸다. 잠시 눈을 붙였다가, 다시 명륜동에 있는 학교로 향했는데, 동숭동쯤에 이르러, 또 한 번 골목 잠을 청해야했다. 무엇인가에 집중하다 보면, 합리적 판단이 잘 서지 않는다고들 하는데, 내가 그 꼴이었다.

그날 점심시간에 동료들과 식사하는 자리에서 나는 학교로 오는 도중 겪은 도를 넘은 졸음 현상 얘기를 꺼냈다. 집필에 너무 올인하다 보니, 시도 때도 없이 몰려오는 졸음 때문에 연구실에서 쪽잠을 청한 일은 있었지만, 운전 중에, 그것도 충격적인 성수대교 붕괴현장을 목도하면서도 졸음을 떨쳐버리지 못할 정도가 된 것은 처음 있는 일이었다고 했다. 한심하다는 듯 내 얘기를 듣고 있던 동료 교수 K가, 자기 처가 S대학병원 내과에 있다면서, 당장 시간을 내어 진료를 받아보라고 강권했다. 인간의 육체도 제대로 간수하지 않으면 성수대교처럼 무너져 내릴 수도 있다면서.

K교수의 처, Y박사가 이틀에 거쳐, 정성스레 각종 검사를 주관해 주었다. 그런데 이게 웬 날벼락인가. 내가 간염을 앓고 있다는 것이다. 더구나 나는 일차 백신접종까지 끝낸 상태였는데 말이다. 사실은 두 번을 맞아야 하는데, 한번만 맞고 2년이 다되도록

차일피일 미루어 왔었다.

"이 교수님, B형 간염을 앓고 계세요."

순간 외사촌 동생이 오랜 동안 간염을 앓다가, 결국 직장까지 그만둔 채 고군분투했던 기억이 떠올랐다. 아 그렇다면 나도, 간염이 간경화로 이어지고, 급기야는 간암으로 진행되어 세상을 하직하게 될 수도 있다는 말인가. 묻고 싶은 것은 많았지만, 입이 떨어지지 않았다.

"그런데 다행히 이 교수님은, 현재 앓고 있는 간염이 거의 끝나가는 단계에 있습니다. 무척 힘드셨을 텐데 어떻게 여태까지 참으셨어요? 여하튼 천만 다행입니다. 위기는 지났다고 볼 수 있으니까요"

"혹시 이후 만성으로 진행될 가능성은요?"

"괜찮으실 겁니다. 본인이 간염을 앓고 있다는 사실 자체를 몰랐으니까요."

"알고 모르는 게 무슨 차이가 있나요?"

"잘 아시겠지만 인간은 간염과 같이 어려운 병도, 스스로 퇴치할 만한 면역 체계를 태어나면서부터 지니고 있습니다. 그런데 많은 사람들이 일단 간염에 걸렸다는 사실에 접하는 순간, 극단적인 상황을 상상해 가며 스스로 멘탈이 무너지는 경우가 허다합니다. 새로운 학설에 따르면, 지나친 염려는 십중팔구 신체상의 과잉 대응을 초래하게 되고, 그러다 보면 스스로 자신의 세포조직을 마구 파괴하게 된다고 합니다. 그런 경우 대부분 흔히 말하는 만성 간염 환자가 된다는 것이고요. 제 소견으로는, 교수님은 그런 염려할 단계를 넘어섰다고 판단됩니다. 그래도 무리하지 마시고 적절한 운동과 섭생에 유의하셔야 합니다. 그렇지 않아도 건강에 유념하셔야 할 연세이니까요."

"송구스럽지만 박사님이 소개한 학설은 믿을 만한 것인가요?"

"하하, 잘 믿어지지 않으시는 모양이군요. 물론 학술적으로 백 퍼센트 입증된 것은 아니지만 믿으셔도 됩니다."

이후 나는 Y박사의 권고를 받아들여 허약해진 체력을 보강해 가며 집필의 강도를 줄여나갔고, 약 8년 만에 책 네 권을 출간하게 되었다. 당시로서는 경제학도라면 누구나 일독할 만한 저작물이 되었기에 그간의 노고로 옥동자를 낳았다며 지인들이 격려해 주었다. 경우에 따라 중병에 걸렸더라도 알고서 과잉반응을 하는 것보다는 모르는 게 약이 되는 수도 있다더니, 내가 바로 그런 체험을 한 것일까? 현대 많은 질병의 가장 큰 원인 중 하나를 제공하고 있다는 강박관념이나 과민 반응 또는 스트레스를 피하는 데는 이런 뜻밖의 지혜도 필요하겠다는 생각이 들었다. — 2021년 가을

어떤 치유

한의원에서 치질수술을 받은 적이 있었다. 사전 지식이 있었다면 결코 시도하지 않았을 시술이었다. 불거져 나온 치핵들을 가타부타 없이 옭아매더니 환부에 수은으로 짐작되는 부식제를 주입했다. 포도송이처럼 부풀어 오른 치핵 몽우리가 며칠 후 궤사되어 떨어져 나가도록 하는 방식이었다. 이어 너덜너덜해진 환부 주위를 미화하는 작업에 들어간다고 했다. 표현은 그럴싸했으나 그것은 단지 가위로 환부 주위 피부를 썽둥 잘라내는, 실로 무지막지한 원시적 처치였다. 마치 돼지 X알을 제거하는 거나 진배없는 방식이었다.

동료교수 소개로 찾아간 곳이어서 감사의 표시로 박카스 한 박스를 들고 갔는데 나오는 길에 쓰레기통에 내동댕이 쳐버렸다. 나중에 알아보니 이런 유형의 시술로 항문이 좁아지거나 항문 조직 일부에 천공이 생겨 변이 새어나올 수도 있다고 했다. 심지어 급성 염증으로 생명을 위협받는 사례까지 있다는 사실을 확인하고는 상당 기간 좌불안석하며 마음을 졸였다. 매사에 치밀한 성격의 소유자라 자처하던 내가 어쩌다가 이런 실수를 저질렀는지

후회막급이었다.

동의보감에 따르면 항문은 무게가 12근이고, 둘레는 8치이며, 직경은 2와 2/3치, 길이는 2자 8치, 그리고 부피는 9되 4홉 정도라고 되어 있다. 대장의 끝 부분에 자리하고 있는데 '항(肛)' 자는 그곳이 수레바퀴 통 속에 있는 쇠의 생김새와 같기 때문에 붙여진 이름이다. 이곳은 적절한 힘이 가해지게 되면 음식물 찌꺼기를 몸 밖으로 배출하는 일을 담당하고 있다. 바로 이 부위에 복잡하게 얽힌 정맥총이 있는데 혈액 순환 장애가 생기면 그 벽이 늘어나 치질 결절이 생기게 되며 이것을 치질이라 부른다는 것이다.

치질은 나이가 들면서 발생하는 흔한 질환 중 하나로 동물에게서는 찾아볼 수 없다. 인간이 직립보행하기 시작한 이후, 특히 엉덩이를 깔고 앉는 생활이 일상화되면서 생기게 된 질환이기 때문이다. 해부학적 이상, 변비 혹은 설사에 따른 자극, 잘못된 배변 습관, 임신 등으로 복압이 상승될 경우 등이 원인인 것으로 알려져 있다. 따라서 의사들은 규칙적인 운동과 식사를 권고하고 있다. 또한 화장실에서 신문이나 책을 읽으면서 장시간 배변을 보는 것을 자제함으로써 사전 예방하는 것이 무엇보다 중요하다고 강조한다.

의사들은 일단 치질이 발생하더라도 초기 단계에서는 수술보다는 변을 무르고 편하게 볼 수 있는 하제를 투여하고, 야채 및 섬유질 식사와 온수 좌욕을 권고한다. 경구약, 항문연고 및 좌약의 사용을 권장하기도 한다. 일정 단계를 넘어서면 부식제 주입, 환상고무 결찰술, 한랭수술, 적외선 응고법을 추천하지만 최종적으로는 전통적 절제수술을 하게 된다.

전문의들은 전혀 아프지 않고 아주 간단히 수술한다는 등의 과대 포장된 선전을 하는 곳은 경계하라 주의를 환기한다. 또한 저렴하다는 이유로 비위생적으로 시술하는 곳에서 치료 받는 우(愚)를 범해서도 안 된다고 한다. 수술 후 나타날 수 있는 문제점으로는 출혈, 통증, 항문 협착, 가스실금, 변 실금, 재발 등이 있다고 경고한다. 심지어 의사가 아닌 사람에게서 부식제를 이용하여 치료를 받을 경우 항문이 좁아진다든지 염증이 악화되어 생명까지도 위협하는 사례가 보고되었다고 경고한다. 그런데 어리석게도 나의 한의원 방문은 이러한 권고를 사전에 인지하지 못한 채 결행되었던 것이다.

50대 즈음에 생긴다는 이 흔한 병을 나는 30대 중반에 앓게 되었다. 대학의 여건이 매우 부실했던 1970년대 말과 1980년대 초 일주일에 26시간씩을, 그것도 대부분은 200명 정도를 수용하는 대단위 강의실에서 마이크도 없이, 그리고 일주일에 사흘 정도는 야간에도 강의하였다. 기진맥진하여 탈홍 현상이 일상화되는 바람에 치질로 전이되었던 것이다. 삐져나온 항문근육을 은밀하게 밀어 넣기 위해 나는 허구한 날 버버리 코트를 입고 다녔다. 당시 제자들은 이러한 나를 형사 콜롬보 같다고 하여 실소한 적도 있다.

학기 중이었지만 방학 때까지 기다리기 힘든 상황에 처하자, 청계천 4가 모퉁이에 있던, 당시로서는 한국 유일의 항문과 전문의 이모 의원에서 간편 치질 수술을 받게 되었다. 환부 전체를 도려내는 전통적 외과 수술방식이 아니라 환부의 핵 부분만을 마치 족집게로 뽑아내듯 제거하는 시술이었다. 통증도 거의 없고 수술 즉시 귀가하여 일상생활로 돌아갈 수 있는 방식이라기에 솔깃했던 것이다. 불행하게도 채 한 달도 안 되어 재발되고 말았지만, 언제든 다시 시술을 받을 수 있다는 차원에서 작은 위안이 되었던 시술이었다.

불행하게도 얼마 후 이 의원이 폐질환으로 길지 않은 생을 마감했다는 소식을 전해 들었다. 유명세를 타다 보니 병원은 문전성시를 이루었었다. 종일 환자의 유쾌하지 못한 냄새가 나는 특수 부위만을 바라보아야 했던 이 의원은 수술 중에도 지속적으로 담배를 피워댔다. 아마도 그래서 단명했던 것으로 추측된다.

더 이상 간이 시술 받을 곳은 사라져 버렸는데 무심한 치질은 날로 심해져 결국 정식 외과 수술을 받기로 했다. 고등학교 선배로 치질 수술에 관한 한 정평이 나 있다는 의사를 찾아갔다. 수술 후 배변과정이 수술부위에 심한 통증을 유발한다는 점을 고려하여 관장약을 아주 깊이 그리고 많이 투여하는 친절을 베풀어주었다. 그런데 지나친 친절이 화근이 될 줄이야 어찌 알았으랴. 수술 후 환부를 덕지덕지 처발라 봉해 두었는데 수술 전에 충분히 장을 비워내지 못한 상태에서 수술에 들어가서였는지, 수술 다음날부터 억제 불가능한 설사가 밀려나왔다. 봇물처럼 밀고 나오려는 설사가 철통같이 봉쇄된 관문을 뚫고 나오려고 난리를 피우는 통에 신선도 아파한다는 이른바 선통을 겪게 되었다. 과잉 친절이

화를 자초한 셈이었다.

우여곡절 끝에 일주일 후 퇴원했다. 자기가 수술한 환자 중 재발한 사람은 아직 한 명도 없었다며, 선배는 내게 비록 수술 직후 예상 못한 고생을 겪게 했지만 다시는 치질로 고생할 일은 없을 것이란 덕담을 건네주었다. 그러나 그의 자신감과 축복어린 덕담에도 불구하고 불과 반년이 채 못돼 치질은 재발하고 말았다. 선배가 근거 없는 자신감에 빠진 사람이라 보고 싶지는 않았다. 치료에 성공한 사람들은 그를 명의라고 생각하여 지인들에게 소개도 했을 터이지만, 재발한 환자들은 두 번 다시 찾지 않았을 것이다. 그러다 보니 그로서는 재발 사례를 접할 기회가 없었을 것이라 믿기로 했다.

재발한 치질이 기승을 부려 고민을 거듭하고 있을 때였다. 같은 대학 동료 교수가 치질 수술에 관한한 오랜 경험과 명성을 가지고 있는 분이라며 한의사 한 분을 소개해 주었다. 자신도 그곳에서 수술한 후 말끔히 나았다고도 했다. 외과병원에서 실시하고 있는 동맥결찰술이나 동맥색전술을 응용한 것이어서 안전하다고까지 했다. 지푸라기라도 잡고 싶은 심정에 더 이상 망설이지 않고 불쑥 문제의 한의사를 찾아갔다. 그리고 조악하기 이를 데 없는 원시적 시술까지 감내하는 시련을 겪어야 했다. 그러나 이번에도 불과 한 달을 버티지 못하고 치질은 재발하고 말았다. 더 이상 의지해 볼 치료 방안이 없다는 생각에 자괴감이 들었다.

이리저리 대처방안을 모색하는 과정에서 문득 타계한 이 의원이 무심하게 건네주었던 우스갯소리가 생각났다. 치질은 재발이라기보다는 그것이 생길 수 있는 여건이 개선되지 못해 다른 부위에 새로 생성되는 것으로 보아야 한다며, 기본적으로 3S 그러니까 over-sex(과도한 성행위), over-drink(과도한 음주), 그리고 over-sense(과민과 과로) 때문에 주로 발병한다는 것이다. 달리 찾아볼 방도가 없었기에 큰 기대는 하지 않았지만 나는 주량과 음주 횟수, 그리고 앉아 일하는 시간을 꾸준히 줄여나갔다. 그러면서 매일 아침저녁으로 심심하게 소금을 탄 미지근한 물에 십여 분씩 좌욕하는 습관을 들였다. 한 달여 기간이 지날 즈음 놀랍게도 증상이 대폭 개선되더니 두어 달 이후 지금까지 두 번 다시 치질로 고생하는 일은 없어지는 실로 놀라운 효과를 보게 되었다. 이처럼 많은 질환은 수술 위주의 치료에 앞서 그 발생 가능성을 줄일 수 있는 생활 습관을 정착시키는 일, 그리고 지극히 간단하고 손쉬운 대증 민간요법으로도 치유될 수 있다는 사실을 확인한 셈이다. 인간 신체의 자생력이 높다는 사실을 너무나 늦게야 체득했다는 회한이 들어 유감이다. ─2021년 가을

최고의 미인

나는 어떤 여성이 잘 생겼다는 식의 표현을 삼가고 있지만, 정말 어쩔 수 없이 미인이라고 말할 수밖에 없는 대상이 있다는 생각에는 변함이 없다. 내 마음 속에서 진정 그 사람이야말로 미인이 분명하다고 여기게 된 여성이 한 사람 있기 때문이다. 내가 한번 만난 적도 없고, 먼발치에서나마 본 적조차 없는 여성인데도 말이다.

미국 유학에서 돌아왔을 때 가장 먼저 만나보고 싶은 사람 중, ○○은행 재직 시 같은 부서에 근무했던 K형이 있었다. 그는 같은 행원 신분이었지만 연배가 많았다. 사법고시를 수차례 실패한 후 ○○은행에 입행했기 때문이다. 순박한 촌부의 외양을 하고 있었지만, 사실 그는 돌출적 행동이 일상화된 독특한 개성의 소유자였다.

K형을 생각할라치면, 그가 집들이 한다며 동료직원들을 초청할 때 전했던 말이 가장 먼저 떠오른다. 자기 아내가 엄청난 미인이어서 자랑 좀 하고 싶으니 꼭 와달라는 것이었다. 얼마나 미인

이기에 그러나 싶어 실없는 웃음이 나왔다. 유감스럽게도 나는 불가피한 일정이 있어 그의 초청에는 응하지 못했지만, 자기 부인이 미인이라 하더라도 과연 남들에게 자랑스레 보여주려는 태도가 온당한지 의문이 들었다. 그것도 혈기 왕성한 나이의 총각들에게 호기심까지 유발시켜 가면서 말이다.

그 일이 있기 얼마 전 나는 이미 K형으로부터 자신의 부인과 결혼하게 된 일화를 전해들은 바 있었기에, 그의 부인이 미인일 것이란 의견에는 내심 동의하고 있었다. 그녀는 K형이 법무장교로 근무하던 때 휴가 중에 우연히 탄 버스의 앞문 담당 차장(당시에는 버스 앞과 뒷문에서 승객들로부터 요금도 받고 승하차를 도와주는 차장들이 있었다)이었다. 그녀가 결혼까지 생각할 만큼 뛰어난 미모를 가졌다는 거였다. 서울대학 법대 출신에 군 장교로 근무 중인 K형이 갑자기 다가가니 그녀는 자기를 희롱거리로 삼는다는 생각에 불쾌해 했다. 그러나 매주 외출 나올 때마다 자신이 승차 중인 버스를 기다려 가며 정성으로 찾아오자, 결국 교제에 응했단다. 신분의 격차를 초월한 순애보라는 제목으로 신문 사회면을 장식할 만한 뉴스거리였다. 이후 결혼 허락을 받으러 간 자리에서 장인 될 사람이 '남의 딸 가지고 우롱하지 말라'며 따귀를때렸더란다. 그런 수모까지 겪으며 결국 진정성을 인정받아 결혼에 이르렀으니, 그 부인은 미인이 아닐 수가 없을 터였다.

주말에 K형 집을 방문했던 동료들에게 궁금증 해소 차원에서 그의 부인이 얼마나 미인인지를 물었다. 그런데 모두가 웃기만 하며 답을 회피하는 게 아닌가. 서로 눈치를 보더니 마지못해 전해 준 얘기는 '아무리 제 눈에 안경이라지만 K형의 주장과는 사실과 거리가 멀다'였다. '최대한 너그럽게 보아 주더라도 평균 이하'라는 거였다. 그럼에도 불구하고 자기 부인이 얼마나 미인인지를 나에게 꼭 알려주라고까지 하였다나? 순간 웃음이 나왔으나, 동시에 그야말로 정말 순수하고 정감이 가는 사람이라는 생각이 들었다. 아마도 세속적인 차원이 아닌, 다른 차원에서 K형의 마음을 사로잡은 아름다움이 분명 있었으리라 믿기로 했다.

이후 나는 해외 유학길에 올라 약 6년간 K형을 볼 수 없었다. 당시는 미국 소도시에서 한국인을 찾아보기 매우 어려운 시대였다. 전화번호부에서 한국인 이름처럼 보이는 사람에게 무작정 전화를 걸어도 결례가 안 될 만큼, 한국인끼리의 만남 자체가 큰 기쁨이고 위안이 되었던 때였다. 그러던 어느 날, 재학 중이던 대학의 고고인류학과 케네디 교수라는 분이 느닷없이 내게 전화를 걸어왔다. 그리고는 혹시 한국에서 오지 않았느냐고 물었다. 당황해 하는 나에게, 그는 한국여성인 자신의 처가 지금 향수병이 너무 심해 고통을 받고 있다며 한 번쯤 방문해 주었으면 정말 고맙겠다고 했다. 자신은 원래 가톨릭 신부였는데, 그녀를 만나 결국 성직까지 내려놓게 되었다는 말도 곁들였다. 제일 먼저 든 생각은, 과연 얼마나 미인이기에 성직까지 버려가며 결혼하게 되었을까 하는 통속적인 호기심이었다. 그런데 실제 만나 보니, 한국인 기준으로 볼 때, 미인이라 보기는 어려운 외모를 가진 여성이었다. 물론 케네디 신부를 사로잡을 만큼 심성이 아름다운 사람임에 틀림없으리라 생각했다. 순간 ○○은행 동료였던 K형 생각이 불현듯 떠올랐다.

귀국 후 K형을 찾아 나섰으나, 실망스럽게도 그는 더 이상 ○
○은행에 근무하고 있지 않았다. 수소문 끝에 같은 부서에 근무
했던 동료 한 사람으로부터 그가 2년 전쯤 남미(아르헨티나?)로 이
민을 가버렸다는 소식을 전해 듣게 되었다. 질식할 것 같은 ○ ○
은행의 보수적 문화 때문이었을까, 아니면 유신 체제에 신물이
나서였을까? 본인이 없으니 확인할 수는 없었다. 그날 동료로부
터 또 한 번 믿기 어려운 소식을 전해 듣고 아연했다.

당시는 비행기 납치사건이 심심치 않게 뉴스거리가 되었다. 그
런데 K형 가족이 탑승한 비행기에 납치될 뻔한 사건이 일어났다.
기내에서 무기를 들고 설치는 납치범을 제압하는 승객 무리 중에
K형이 포함되었다. K형은 그 나라 이민자 신분임에도 불구하고
입국 즉시 용감한 시민으로 추대되었고, 해당 항공사 비행기를
평생 무료로 탈 수 있는 특전까지 얻었다. 그 얘기를 전해 들으면
서 K형의 용기가 아마도 세상에서 최고 미인인 자신의 부인을 지
키기 위한 결단이었으리라 짐작해봤다. '그 양반 정말 못 말리는
돈키호테'라고 동료가 토를 달았지만, 나로서는 K형이 부인을 수
호하기 위해서라면 자신의 몸을 초개같이 던질 수 있는 진정한
기사라는 생각이 들었다.

K형의 미인 부인 자랑은 다소 조롱 섞인 화제가 되긴 했으나
어쩌면 K형이 통속적인 미의 기준이나 미에 대한 고정관념을 뛰
어넘은 사람이 아닌가 싶다. 미인은 미인의 눈에만 보이고, 미인
의 눈에는 모든 사람이 미인으로 보일 수 있다는 사실, 그리고 상

대를 미인으로 대접하면 정말로 미인이 될 수 있다는 진리를 곱
씹어 본다. ─ 2023년 2월

꼬부랑 할머니

　꼬부랑 할머니, 주위 사람들이 나의 외할머니를 가리켜 부르던 이름이다. 지팡이를 짚지 않으면 120도, 지팡이에 의지해도 90도 정도 허리가 굽었기 때문에 붙여진 별칭이었다. 집안 어르신들의 말씀에 따르면 당시로서는 거의 성공하기 어려운 자궁 적출 수술을 받은 후부터 그리되었다 했다.

　황해도 지역에서 살던 나의 가족과 외가는 1947년 토지개혁 직후 월남에 성공했다. 그러나 불행히도 외할아버지가 서울 해방촌 근처에서 좌익세력들에게 살해당했다. 당시 경기도립병원 의사이던 나의 아버지가 시신을 수습했다. 이후 발생한 6·25전쟁에 아버지가 납북되었다. 그러자 외할머니는 외할아버지를 잃은 충격을 잊은 듯, 남편 없이 두 아이를 떠안은 나의 어머니 생존문제에 모든 신경을 집중했다.

　동학농민혁명이 일어난 1894년 태어나신 외할머니는 동학도와는 전혀 거리가 먼 기독교인으로 사셨다. 그렇게 된 것이 남편과 사위를 잃고 나서부터였다. 나의 어머니는 인민군에 납치된 아버지의 생존 확인에 혈안이 되었고, 주로 무당의 점괘에 의지하며 세월을 흘려보내고 있었다. 이러한 어머니를 교회로 인도하는 것이 외할머니의 기도 제목이 되었다. 물질적 후원에 한계가 있다 보니 정신적으로나마 어머니가 위로받을 수 있는 종교로의 귀의를 생각해 냈던 것 같다. 유감스럽게도 어머니는 1963년 외할머니가 돌아가실 때까지 그 소원을 들어주지 않았다. 어머니가 교회에 나가기 시작한 것은 1973년, 그러니까 내가 어머니를 뒤로하고 유학길에 나선 후부터였다.

외할머니는 우리 가족의 생존을 위해 다각적으로 노력하였다. 우선 외삼촌을 통해 어머니를 동일방직 여공으로 취업시키는 일에 앞장섰다. 여공 수입이라야 시아버지와 시동생 그리고 두 아이를 먹여 살리는 데는 태부족이었지만, 보리쌀 한말 정도 살 수 있는 한 달 급여도 감지덕지였다. 첫 달 월급으로 산 보리쌀을 홀랑 도둑맞은 날 어머니가 서러워하던 기억은 아직도 생생하다. 어머니는 어려운 일이 있을 때마다 외가에 의지할 수밖에 없었고 자연스럽게 친정 방문이 잦아졌다. 어머니는 친정 식구 눈치를 보느라 나를 방패삼아 데리고 외가로 가곤 했다. 외할머니의 영향력 때문인지 외가 식구들이 우리 모자의 출입에 한 번도 눈치를 준 적이 없었던 것으로 기억한다.

한편 어떻게 해서라도 우리 가족에게 도움을 주고 싶었던 외할머니는 틈틈이 모아 두었던 꼬깃꼬깃 접은 지폐를 용돈이라며 몰래 내 손에 쥐어주곤 했다. 외가 식구 모두가 아는 행태였지만 할머니는 항상 은밀하게 행동했다. 때로는 너무 여러 번 접어 오래 보관한 거라 눅눅해져 있는 경우가 많았기에 이를 펴다가 자칫 찢어질까 조심해야 했다. 곤혹스러운 건 용돈을 건네줄 때마다 하시던 '꼭 교회에 나가야 한다'는 다짐 말이었다. 불경스럽게도, 형식적으로나마 그리하겠노라는 대답을 한 기억은 없다.

내가 초등학교 시절 외가는 우리 집에서 멀지 않은 인천에 있었다. 그러나 외사촌 형과 누나의 학업을 위해 외삼촌은 성동구 약수동에 별도 집을 마련하고 외할머니로 하여금 두 손주 뒷바라지를 하게 했다. 먹고사는 문제가 여전히 힘겨웠던 어머니는 방학만 되면 나를 외할머니 댁으로 쫓아버리곤 했다. 철부지에 지나지 않던 나는 방학이 될 때마다 이러한 축출을 손꼽아 기다리곤 했다. 물론 대가는 치러야 했다. 나는 할머니가 다니던 약수동 소재 신일교회에 나가야 했고 주기적으로 집에 심방 오신 목사님으로부터 실로 고통스럽기 이를 데 없는 안수 기도를 받아야 했다.

'대학에 수석 입학할 것이고, 탁상시계를 부상으로 받을 것이다!' 대학 입학시험을 코앞에 둔 어느 날 외할머니가 나를 두고 한 말이었다. 식구들은 물론이고 나도 귀담아 듣지 않았다. 그러나 이 말은 현실로 나타났다. 나는 그때부터 외할머니를 달리 보기 시작했다. ○○은행 입행 초기에는 업무 관련 회식이 자주 있었는데 신참 행원 입장에선 먼저 자리를 뜨기 어려운 경우가 많았다. 외할머니는 그러한 술자리 모임을 다 알고 계시다가 내게 술 그만 마시라 역정을 내곤 하셨다.

이런 일이 반복되다 보니 어떤 중대사를 앞두게 될 때면 반신반의하면서도 성사 여부를 외할머니께 여쭤보기도 했다. 멍석을 깔

아주면 나서는 이 없다고 그때마다 할머니는 그저 웃을 뿐 아무런 대답도 않으셨다. 자신을 무당 취급한다고 생각해서였을까? 아니 그보다는 외할머니의 신통력이란 자신이 사랑하는 사람을 위해 간절히 기도하면, 예컨대 텔레파시 같은 능력이 작동하면 그의 근황을 알아낼 수 있는 성격의 것이었으리란 생각이 든다.

간절한 기도로 일종의 투시력을 가졌던 외할머니와는 다르지만 어머니도 언젠가부터 가끔 예지몽을 전해 주곤 하셨다. 외할머니처럼 구체적 사건을 예견하는 형태라기보다는 길흉에 대한 사전 감지력을 종종 발휘하셨다. 이제와 생각해 보면 아마도 두 사람 모두 특정인에 대하여 관심을 집중시키고 간절한 소망을 기도로 소원하면 일종의 예지력이 생긴 것이 아니었나 싶다. 그리고 그것은 어떤 종교에 귀의했는지와는 별개라는 생각이 들었다. 어머니의 예지몽 현상은 교회에 다니기 전부터 발현되곤 했기 때문이다.

어느 방송에서 독일에서 유학하던 어느 한 음악가가 자신을 비롯한 유학생들의 어려운 처지를 보고 파독 광부 그리고 간호사(1963~1977)들이 찾아와 식품을 전해 주거나 때로는 꼬깃꼬깃 접은 돈을 억지로 손에 건네주었던 눈물겨운 사연을 방영했다. 그는 결코 잊지 못할 기억 속의 파독 광부와 간호사들의 위로와 노고에 감사드리기 위해 파독 60주년이 되는 2023년 4월에 그들을 초청하여, 'Berlin Arirang'이란 음악회를 열었다고 했다. 그 음악회를 총괄 지휘한 그가 1970년대에 자신에게 전해진 꼬깃꼬깃 접은 지폐를 보는 순간 눈물이 앞을 가려 차마 써버릴 수 없었다고 하는 대목에서 나는 그만 마음의 평정심을 잃고 말았다. 허리춤에서 여러 번 접은 지폐를 슬그머니 전해 주곤 하셨던 꼬부랑 할머니 모습이 문득 떠올랐기 때문이다. 예지몽을 가능케 해 준 것이 사랑의 힘이었다면, 꼬깃꼬깃 접은 돈은 조건 없는 사랑의 또 다른 표현방식이란 사실을 나는 너무나 늦게야 깨달은 것 같다. ─ 2023년 11월

제3부

금낭화

어떤 주례 이야기

　춘추가절이면 지인들로부터 혼례 소식을 자주 듣곤 한다. 가까운 이들의 혼례이니 반갑긴 하지만 습관적으로 긴장이 된다. 특히 오랫동안 소식이 없던 동창이나 제자 이름이 전화수신음과 함께 휴대전화 화면에 뜨면 가슴이 덜컹 내려앉곤 한다. 심심치 않게 주례 부탁을 해오기 때문이다. 구차스런 핑계를 대어 가며 고사하는 일은 고통에 가깝다. 모처럼의 부탁을 거절당한 지인들의 당혹감은 내게 송구함과 죄책감이란 비수를 꽂곤 하기 때문이다.

　얼마 전 죽마고우 H가 아예 협박조로 전화를 걸어왔다. 내가 주례를 서주지 않는다면 아들을 결혼시키지 않겠다면서. 나의 아킬레스건을 건들며 정면승부를 건 것이다. 언젠가 H가 자신의 누이동생 주례를 부탁해 왔을 때 정말 미안했지만 한 번도 주례를 서본 적이 없다는 이유로 거절한 적이 있어 이번에는 거절하기 어려웠다. 남들 몰래 딱 한번 주례를 선 적이 있었는데 그만 어쩌다가 들통이 났기 때문이다.

　원래 내가 주례를 서지 않겠다고 스스로 다짐했던 것은 남들 앞에서 자신도 실천하기 어려운 일들을 신혼부부에게 중언부언 권하는 것이 어쩐지 위선적이란 생각이 들어서였다. 더구나 나는 치밀한 성격 탓에 무엇이든 대충 넘어가지 못하여 주례 한번 서자면 적어도 한 달 이상 준비해야 했기 때문이기도 했다. 또한 주례를 서 주어야 할 대상이 주로 제자들이다 보니 비슷한 얘기를 반복하지 않기 위해서라도 매번 엄청난 시간을 투여해야 할 것 같았다. 혹시 경제학자로 살기 보다는 주례로서의 역할에 더 많은 시간을 빼앗길 수도 있다는 생각이 들기도 했다.

언젠가 식사학위 논문을 지도해 준 적이 있는 제자 하나가 청첩장을 가져온 적이 있었다. 그런데 청첩장에 내 이름이 주례자로 인쇄되어 있는 것이 아닌가(당시에는 주례 이름이 청첩장에 찍혀 나왔음). 아마도 당연히 내가 주례를 맡아줄 것으로 예상했던 것 같다. 미안했지만 나는 평생 주례를 서지 않겠다는 원칙을 갖고 살아왔다며 다른 분을 찾아보라고 권했다. 결혼식에는 사정이 있어 참석치 못하고 축하금만 인편으로 보냈다. 아 그런데 이게 웬일인가. 짧은 시간 내에 새로 주례를 찾기 어려워서였는지 현장에서 사례금을 주고 전문 대행자에게 주례를 위촉했다는 말을 전해 듣게 되었다. 가슴이 털컹 내려앉는 듯했다. 결코 내 잘못으로 돌릴 수는 없겠으나 제자는 물론 신부와 양가 가족들에게 평생 잊을 수 없는 상처를 주고 말았다.

그로부터 약 일년 후 외사촌 누님이 막내아들 결혼식 주례를 부탁해 왔다. 친누님 이상으로 가까운 분이었음에도 불구하고 완곡하게 거절을 했다. 뿐만 아니라 자기 은사도 있고 직장 상사도 있을 터인데 왜 내게 부탁하느냐며 조카를 힐난하기까지 했다. 결혼식 당일 아침 일 년 전 제자의 주례 거절사건이 몰고 왔던 불상사가 문득 생각나 혹시나 하는 심정으로 누님에게 전화해 보았다. 우려한 대로 결국 주례를 구하지 못한 나머지 예식장에서 소개한 대행자에게 사례금을 지불한 상태라는 것이다. 화들짝 놀란 나는 누님에게 내가 주례를 대신 설 터이니 그 사람은 그냥 보내라고 했다.

현장에 도착해 보니 여러 가지로 신경이 쓰였다. 나의 어머니는 물론 외가댁을 비롯한 집안의 많은 어른들이 앞쪽에 자리하고 있는 것이 아닌가. 이분들 앞에서 내가 인생에 대해 왈가왈부해 가며 건방진 얘기를 해야 하는 것이었다. 게다가 식장은 입구를 지나치며 인사를 나누는 사람들의 소음 때문에 좀처럼 주의를 집중시키기 어려웠다. 마음을 다져가며 나는 식장에 오면서 메모해두었던 몇 가지 사항을 아주 솔직하고 그러나 진솔하게 정리해서 전달하였다. 주례사가 시작된 지 2~3분을 지나면서 그토록 소란했던 식장이 조용해짐에 나는 비로소 안도할 수 있었다. 놀랍게도 하객들이 내가 하는 이야기를 경청하기 시작했던 것이다.

아뿔싸, 어느 경로를 통해서인지는 모르지만 이 사실을 H가 알아버렸던 것이다. 이제 와서 안 된다고 할 수만은 없게 되었다. 뭐 그리 대단한 존재라고 그렇게 뻗대느냐고 하는 것만 같았다. H에게는 여동생이 4명이나 있었는데 집안형편 탓에 본인 이외에는 대학에 간 사람이 하나도 없었다. 그러한 여동생(둘째)의 결혼식 주례를 부탁한 것인데 그 청을 들어주지 못했다는 마음의 빚이 있었다.

결국 H의 아들 주례를 서기로 했다. 갑자기 맡았던 조카의 결혼과는 달리 6개월이란 시간이 주어졌다. 그래서 나는 실제로 주례사에 넣을 얘기를 거의 반년 가까이 썼다가 지워가며 수정에 수정을 가해 작성했다. 결혼식 당일 식장에 도착해 보니 H와 나의 고교동창들이 떼거지로 몰려와 있었다. 또 다른 유형의 심적 부담에 위축되기도 했지만 6개월 가까이 준비해 온 주례사를 정성을 다해 전했다. 오래 기억할 만한 주례사였다느니 그런 식의 혼례진행은 생전 처음 본다느니 하며 동창들이 몰려와 한마디씩 하고 떠났다.

아차 싶었던 일에 대한 기억 때문에 시작된 것일 뿐이니 주례는 H의 아들까지 두 차례로 끝날 수 있으리라 생각했다. 착각이었다. 결국 그토록 두려움의 대상이 되었던 제자의 주례를 맡게 되었기 때문이다. 이교수가 드디어 주례를 서는 것을 보았다는 소문이 아름아름 졸업생들에게 퍼져나갔던 모양이다. 연구실에 데리고 있던 제자가 이틀간에 걸쳐 통사정을 하다못해 눈물까지 흘려가며 항의해오는 바람에 자포자기의 심정으로 응낙하고 말았던 것이다. 이후 중학교 동창 큰아들, 대학 입학 동기생 딸, 대학 졸업 동기생 아들, 큰딸의 어릴 적 피아노 선생님 아들, 그리고 처제의 큰아들에 이르기까지 서로 다른 집단별로 딱 한 번씩이지만 도합 6명을 더하게 되었다.

일단 주례를 맡게 된 이상 나는 신랑 신부에게는 평생에 단 한 번 있는 의미 있는 행사란 점을 감안하여 온갖 정성을 들여 주례사를 준비하였고 또 세부적인 혼례절차에 이르기까지 세심하게 신경을 썼다. 이를 위해 우선 신랑신부에게 왜 반드시 이 사람이라야 하는지를 내가 납득할 수 있도록 A4용지 2매 이상 써오도록 요청하였다. 내용이 충분하지 않다고 생각될 경우 되돌려 보내기까지 했다. 그리고 결혼을 앞둔 시점에서 나의 부모는 나에게 어떤 존재로 기억되는가 라는 제목의 글을 역시 A4용지 2매 이상 제출하도록 요구하였다. 싫으면 나도 주례를 안 서겠다고 했다. 짐작했던 바이지만 신랑 신부 당사자 들은 매우 당황스러워 하는 빛이 역력했다. 결혼을 앞두고 이것저것 신경 쓸 일도 많은데 엉뚱한 숙제를 받아들고는 난감하였으리라 여겨진다. 그러나 결혼 당일 주례사를 듣고 나면 비로소 그 뜻을 이해하고 또 고마워했다. 영혼이 없는 주례사와는 거리가 먼 그리고 당사들에게만 해당될 유일무이한 주례사를 마련하기 위해서 그리 요란을 떨었다는 것을 알게 되기 때문이다.

　예컨대 첫 번째 숙제로부터는 두 사람의 그간 걸어온 특징적인 행로와 그 과정에서 상대방의 어떤 점이 과연 결혼에 이를 만큼 크게 다가왔는지를 요약하여 양가 부모님과 친척 그리고 친지들에게 전함으로써 두 사람의 됨됨이에 한층 더 큰 애정과 관심을 가질 수 있도록 유도하였다. 두 번째 숙제로부터는 부모들이 어떤 생활 철학을 가지고 자녀를 교육해 왔고 또 어떤 방식으로 자녀와의 애정을 쌓아 왔는지를 상대방 부모들과 친척들에게 홍보해 줌으로써 양가가 서로 호감을 가질 수 있게 됨은 물론 이로 인해 양가가 통속적인 사돈관계를 넘어서는 가족관계로 발전될 수 있는 계기를 제공하려 노력했다.

이외에도 나는 평소 납득하기 어려웠던 결혼식 관행을 조금이나마 시정하겠다는 의지를 내세우기도 했다. 예를 들면 첫째로 양가 부모님들이 자녀들 결혼식에서 그저 하객들에 인사나 하며 수동적으로 뒤치다꺼리나 하는 존재에 머물러 있지 말고 자식들에게 보내는 당부의 말씀을 짤막하나마 직접 전달하도록 요청했다. 둘째로 앞서의 두 가지 숙제에서 특정 내용들을 발췌 요약한 다음, 이를 일종의 십계명 형태로 만든 맹세의 글을 신랑 신부에게 전해주고 본인들이 직접 낭독하도록 하였다. 천편일률적인 혼인 선서, 그것도 수많은 신혼부부가 예식장이 마련해 준 비슷비슷한 내용의 글을 영혼 없이 읽어나가는 것을 나는 극도로 싫어했기 때문이다.

셋째로 나는 신랑보다 신부가 먼저 입장하되 자신의 부모와 함께 입장하도록 권했다. 그리고 뒤이어 입장할 신랑과 신랑부모를 맞이하게 하였다. 일단 신랑 신부 그리고 양가 가족들이 입장을 마치고 나면 양측이 서로 마주보고 상견례를 하고 이어 전면을 보고 하객에게 감사 인사를 드리도록 하였다. 이제는 관행화 되어버리기는 하였지만 왜 결혼식에서 신랑이 먼저 입장하는지 그 이유를 알 수 없었기에 취한 조치였다. 아마도 서양에서 수입된 의미 없는 관행이라 생각했다. 사실 신부가 레드 카펫 위를 먼저 밟고 입장하는 것이 의미가 있을 뿐 아니라 우리나라 전통 혼례

절차에도 부합되는 것이라 평소부터 생각해 왔었다. 더구나 왜 신부 입장 시 신부아버지가 에스코트를 해야 하고 또 신랑을 만나 물건 인계하듯이 넘겨주어야 하는지도 도저히 이해가 안 되었던 터였다.

주지하는 바와 같이 우리나라의 전통적 혼례식은 통상 신부 측이 선택한 날에 신부 집에서 거행되었고 이를 친영이라 하였다. 혼례참석을 위해 신랑은 부모님과 일가친척 그리고 친지들과 함께 신부 집으로 오게 되는데 이로써 신랑이 장인 · 장모가 있는 장가에 공식적으로 처음 들게 되며 이것이 바로 장가에 드는 상징적인 절차라 할 수 있다. 혼례식이 끝나면 신랑 · 신부는 서옥이라는 별채에 마련된 신방에 들고 1~3일 후 신부는 신랑을 따라 시부모가 계신 시집으로 문자 그대로 시집을 가게 되며 시부모께 폐백을 드리면서 혼례 일정이 종료되는 것이다. 바로 이러한 우리의 전통적인 혼례절차를 감안하여 신부와 신부 가족이 먼저 입장하도록 요청했던 것이다. 편의상 예식장을 신부 댁으로 간주하고 신부와 신부 부모가 준비한 혼례식장에 신랑과 신랑 부모가 함께 도착하여 상견례를 올린 후 혼례를 올린다는 취지로 진행시킨 절차였다.

또한 나는 주례에 대한 소개는 3초 이내로 하라거나 사회자는 진행과정에서 불필요한 언행을 삼가라는 등 자질구레한 사항에 이르기까지 고집스런 원칙을 내세웠다. 이렇듯 이 교수는 자기주장과 고집이 아주 강한 사람이라 신랑 신부는 물론 양가 부모들에게 부담스러운 과제를 내 주는 주례라는 인식이 퍼져 나가서였는지 우려했던 바와는 달리 그 이후 주례를 부탁해 온 제자나 지인들은 없었다. 의도하지도 않았고 기대하지도 않았던 예상 외의 성과를 얻게 된 것이다. 열심히 주례사를 준비해 온 공로에 대한 일종의 보답이라 생각키로 했다. — 『문학 에스프리』 2019년 겨울호

꼰대 주례사

피치 못할 사정으로 주관하게 된 어느 결혼식에서 나는 신랑 신부에게 '적어도 일주일에 한번 씩은 장가들고 시집가라'는 말로 주례사를 열었다. 납득하기 어려운 화두에, 장내는 잠시 술렁였고, 하객과 신랑신부는 짐짓 당혹감을 감추지 못하는 듯했다. 실은 '부모를 공경하라'는 진부한 당부의 말을 에둘러 전하기 위해 꺼내든 덕담이었는데 말이다.

세대 간 인식의 차이는 늘 있어 왔지만, 특히 현재의 20~30대는 이전 세대와는 사뭇 다른 행보를 보일 만큼 개성이 강한 세대로 부각되고 있다. 호불호를 떠나 이들이 앞으로 한국의 미래를 선도해 갈 세대라는 사실을 일단 직시할 필요가 있다. 통칭 MZ 세대라 일컬어지는 이들의 대표적 특성으로는, 이념이나 윤리보다는 감성과 자신의 이해에 직결된 이익을 최우선시한다는 점을 들 수 있다. 저출산과 고령화 추세에 따른 잠재 성장률 하락 과정에서 배태된 높은 청년 실업률, 그리고 부동산 가격 폭등에 따른 좌절감 등 복잡다기한 사회 변천으로 이들 세대에게 형성된 인생관 자체의 변화가 주요인으로 작용했으리라 여겨진다.

그런데 이들 세대의 행태와 관련하여 기성세대를 당혹케 하는 변화 중 하나는 결혼식 풍속이다. 결혼 장소와 시간은 물론, 초대할 대상의 선정 등 제반 혼례절차를 부모가 총괄하던 모습은 더 이상 찾아보기 어렵다. 청첩장 발송이 '카톡'으로 대체되고 청첩도 신랑신부의 친구를 대상으로 하는 내용 위주로 바뀐 지 오래다. 신랑 신부 입장 방식 역시 당사자 주도형이 대세를 이루고 있고, 심지어 주례 없이 진행되는 결혼식 풍경이 더 이상 낯설지 않다. 그러다 보니 신랑 신부가 무엇 하는 사람인지조차 알길 없는 부모 측 하객들은 소외감에 당혹하곤 한다. 결혼식 참석을 위해 투여한 많은 시간과 적잖은 축의금에 대한 감사의 글마저 총괄적인 '카톡' 알림으로 대체되는 것을 목도하다 보면 솔직히 서운한 심정을 감추기 어렵다.

이러한 추세 변화를 겪다 보니 어쩌다 지인이 자녀의 결혼식 주례를 청해 와도 극구 고사하곤 했다. 내가 전할 수 있는 덕담이 그저 고리타분한 얘기로 일관한 꼰대의 변으로 폄훼될 수도 있을 것 같아서였다. 그래도 일단 주례를 맡은 이상 나름대로 신랑신부에게 기억이 될 만한 메시지를 전하고 싶었기에 다소 파격적인 표현으로 주례사를 열었던 것이다.

생명체 중 하부구조를 구성하고 있는 식물을 자손에 대한 사랑이 전혀 없는 하등 생명체로 보는 견해가 있다. 나무는 봄부터 시작하여 이파리라는 자식들을 무성하게 키워내며 자신이 필요로

하는 많은 양분을 흡수하는 데 활용한다. 그러다가 가을이 되면 자기 혼자만 살아남기 위해 자손들인 이파리로 가는 수분과 양분을 차단시켜 고사시키는 것으로 볼 수 있기 때문이다. 죽어가는 과정에서 샛노랗게 또는 새빨갛게 변해가는 낙엽을 보며 우리들은 아름답다고 탄성을 자아내지만, 잎새를 고사시키기 위해 자기 몸을 수축시키는 과정에서 형성된 나이테는 일면 살생의 흔적과도 같은 것이라 볼 수 있다는 견해이다.

한편 생명체의 상부 구조를 점하고 있는 대다수 동물의 경우는 자식에 대한 사랑이 무한대이다. 모성애나 부성애로 말한다면 동물의 경우가 인간들 경우보다 더 감동적일 수도 있다. 예컨대 알에서 깨어난 새끼들이 자신의 몸을 먹고 자라도록 함으로써 생을 마감하는 염낭거미의 모성애, 그리고 새끼들이 부화할 때까지 식음을 전폐하고 알을 지켜내다 장렬하게 사망하는 아비 가시고기의 자식 사랑은 우리를 숙연하게 한다.

반면 부모에게 효도하는 동물은 까마귀를 제외한다면, 인간이 유일하다고 알려져 왔다. 우리나라에서는 까마귀가 우는 소리가 섬뜩하고 색깔마저 시커멓다는 이유로 오래전부터 흉조로 인식되어왔지만, 서양에서는 생태계를 건강하게 유지시켜 주는 길조로 사랑을 받아왔다. 더구나 까마귀는 어미가 나이가 들어 거동하기 어려워지면, 자신들이 어렸을 때 어미가 그러하였듯이 먹이를 물어다 먹여준다 하여 '효조' 또는 '반포조(反哺鳥)'라 부르기도 하였다. 그러나 최근 생물학자들에 의해 밝혀진 바로는 까마귀 새끼가 어미에게 먹이 공양을 하는 것이 아니라 어미가 노령으로 육신이 초췌해진 후에도 자신보다도 덩치가 훨씬 커진 자식에게 계속 먹이를 물어다 주는 현상을 잘못 보았던 것에 불과한 것으로 밝혀졌다 한다.

비록 인간들의 부모에 대한 효도는 다분히 후천적 성격이 강하고 주로 사회적 교육에 기인하는 것이기는 하지만, 이런 측면에서 볼 때 동식물 중 인간만이 부모를 섬기는 유일한 생명체라 할 수 있으며 이를 바꾸어 말하면 부모를 공경할 줄 알아야 비로소 인간답다 할 수도 있을 것이다.

살아가다 보면, 때로는 부모 의견이 잘 납득이 가지 않는 경우가 종종 있다. 그러나 부모는 우리와는 다른 시절에 다른 환경 속에서 다른 가치관과 다른 교육을 받으며 일생을 살아온 분들이다. 따라서 그들의 생각을 젊은 세대가 결코 쉽사리 이해할 수는 없을 것이다. 하지만 비록 이해가 안 되더라도 부모가 도둑질하라거나 살인하라 하지 않는 이상, 듣는 시늉이라도 하는 것이 바로 인간만이 할 수 있는 효도이고 공경하는 태도의 시발점이라 생각한다. 우리들의 부모는 결코 평가의 대상이 아니라 공경의 대상이라 생각하는 인식의 전환이 중요하다 믿는다.

부모를 제일 쉽게 기쁘게 할 수 있는 것은 자주 찾아뵙고 정을 나누는 일이라 믿는다. 그래서 나는 적어도 일주일에 한 번씩은 장인 장모가 계신 장가에 들고, 또 시부모가 계신 시집에 들라 부탁한 것이었다. 직접 방문하기가 어려운 상황이라면 전화상으로 안부라도 드리려는 노력을 삼가 부탁하고 싶었다. 그것이 바로

인간만이 실현할 수 있는 효도의 첫걸음이라 믿고 있기 때문이
다. ─2023년 2월

사랑 방정식

결혼 연령이 점차 늦어지고 있다. 아예 결혼 자체를 포기하는 젊은이들 비율도 날로 증가 추세에 있다. 게다가 결혼한 부부의 출산율마저 급속히 하락하여 국력의 저하는 물론 청년층 스스로의 노후가 몹시 우려되는 시대가 도래하였다. 더욱 당혹스러운 것은 결혼한 부부들 중 약 20% 정도가 십년 이내에 이혼하게 될 것이란 추론이 심심치 않게 제기된다는 점이다. 게다가 황혼 이혼이란 새로운 풍조까지 자리 잡아 가고 있어 가정의 붕괴가 추세화되지 않을까 걱정이다. 가정의 붕괴는 결국 사회의 붕괴로 이어질 것이기 때문이다. 상호 신뢰나 배려가 실종된, 극단적 개인주의 현상이 일반화되는 사회가 도래하는 게 아닌가 싶어 마음이 무겁다.

이러한 시대적 상황에서 주례를 맡아달라는 부탁에 접하다 보면 나는 어떤 당부의 말을 전해야 할지 고심하곤 했다. 자신들 인생에서 가장 행복하고 의미 있는 순간을 맞는 신혼부부에게 시대적 사조를 넘어서는, 그러면서도 오래 기억될만한 덕담을 전하고 싶어서였다. 이런 심정을 담아 최근 주관했던 혼례식에서 나는

'성공적인 사랑의 길'이라는 주례사를 꺼내들었다. 자칫 진부하게 들릴 수 있겠지만 젊은 세대들이 한 번 쯤 되새겨보기 바라는 차원에서 선택한 주제였다.

'과연 사랑은 어떻게 정의할 수 있을까?'라는 물음으로 시작한 주례사에서 내가 전했던 덕담의 요체는 다음과 같다.

많은 사람들이 사랑은 순수하고 아름다우며 고로 신성한 것이라고들 한다. 따라서 아름다운 사랑이란 결혼과 같은 형태로 구체화되면 땅으로 추락하는 것이라고도 한다. 심지어 결혼은 사랑의 무덤이라고 보는 사람까지 있다. 물론 이러한 주장들은 사랑의 참 모습과는 거리가 먼 인식이라 믿는다. 본질 상 사랑이란 보여줄 수 없는 것일 뿐만 아니라 형태도 없으며 그 모습이 시시각각 변하는 것이기 때문이다.

하루라도 보지 못하면 못살 것 같고 부모가 반대하면 무인도에라도 도망가서 둘이만 살고 싶어하는 열병과도 같은 정열만이 진정한 사랑일까? 나는 이를 단지 상대방에 대한 관심이 극대화 되는 시기에 탄생하는 일종의 산통에 해당되며, 따라서 단지 진정한 사랑이 막 시작되는 과도기적 현상에 해당되는 것이라 보고 싶다.

흔히들 결혼 후 일정기간이 경과하면 '그토록 열정을 다해 쏟아 붓던 상대의 애정은 다 어디로 갔을까' 의아해 하거나 외형상 근사해 보이는 부부들을 부러워하는 일이 종종 발생하기도 한다. 심지어는 상대방을 못마땅해 하고 부부간에 바가지와 언쟁이 잦아지다 못해 피차간에 마음 상할 험담을 마구 쏟아내며 결혼을 후회하는 경우까지 발생한다. 이를 사랑이 실종되어 가는 과정으로만 받아들여야 할까? 나는 단지 사랑이 성숙되는 시기에 발생하는 자연스런 성장 통 정도로 이해하고 싶다. 물론 이러한 성장 통을 이겨내지 못한다면 사랑은 성숙한 단계로 승화하지 못한 채 요절하고 말 것이지만.

가난해도 좋으니 둘이 살 수 있게만 해달라고 소원했던 추억이 있었기에, 시든 꽃 한 송이, 말라빠진 케이크 한 조각에 대한 추억이 있었기에, 첫아이 낳던 날 정말 열심히 키워보자며 함께 흘리던 눈물이 있었기에, 반려자를 잃고 허탈해하는 남겨진 부모님을 보며 우리는 한날한시에 같이 눈을 감자고 말했던 날들이 있었기에, 그래도 당신밖에 없다고 살며시 다가가 말할 수 있는 것은 오직 성숙한 가정의 부부뿐이라 믿고 싶다. 그리고 바로 이것이 성공적으로 숙성된 사랑의 참모습일 것이다.

결국 이처럼 사랑이란 다양한 모습으로 변하고 성숙되는 것임을 깨닫는다면 결코 결혼 후 부부의 사랑이 식었다고 생각해선 안 될 것이다. 실제로는 연애할 당시보다 오늘 더 상대방을 사랑하고 있고 이 세상 하직하는 날이 아마도 상대방을 가장 사랑하는 순간이 될 수 있도록 애정을 숙성시켜가는 것이 성공적인 가정을 담보하는 '사랑방정식의 해법'일 것이기 때문이다.

물론 성공적인 가정이나 사랑의 결실은 저절로 이루어지는 것은 아니다. 흔히 '밀당'과 '썸 타기'가 일상적인 젊은 세대의 교제 과정은 혼전에는 나름대로 묘미가 있을지 모른다. 그러나 아내를 길들이거나 남편을 휘어잡으려면 신혼 초부터 기선을 잡아야 한다는 식의 속설에 귀가 솔깃해진다면 성숙된 사랑의 길은 요원해질 것이다. 상대방에게 양보하고 또 져주려는 배려심이 마음속에 충만해질 때 비로소 성공적인 가정을 이룰 수 있기 때문이다.

아내한테 주눅 든 남편이 사회에서 성공할 수 있을까? 남편에게서 천대받는 아내가 어떻게 단란한 가정을 꾸리고 정서 깊은 자녀교육을 할 수 있을 것인가? 오로지 상대방을 제압하려 들며 이를 밖에서 과시나 하는 사람들은 결코 진정한 사랑으로 다져진 가정을 이룰 수 없을 것이다.

물론 결혼생활을 이어나가다 보면, 진정 남자와 여자는 다른 동물이란 생각이 들 때가 종종 있다. 분에 넘칠만한 선물을 사주어도 조금만 기분이 나빠지면 서슴없이 화를 내는 것이 감성위주의 여성이라면, 실속도 없이 명분이나 의리만을 앞세우며 자신의 일이나 가정 일을 등한시하기 쉬운 비논리적 성향이 남성의 일반적인 특성이기 때문이다.

모름지기 부부간의 평화와 가정의 행복은 이러한 차이점을 인식하고 이해하는 데에서 출발해야 할 것이다. 장담하건대 상대방이 자기가 희망대로 바뀔 수 있다고 믿는 것은 착각일 뿐이다. 사랑이란 이름으로 집착하며 상대편을 자기가 만든 틀에 끼워넣으려 하거나 설득하려 드는 행위, 또는 자기 기준으로 상대방을 평가하려는 행위로는 결코 성숙된 사랑의 결실을 맺을 수 없다. 상대방을 있는 그대로 인정하고 허물까지도 품을 수 있도록 노력해야 비로소 화목한 가정이 이루어질 수 있을 것이다.

진부한 얘기지만 부부란 항상 서로 마주보는 거울과 같아 내가 웃으면 상대방도 웃고 내가 화를 내면 상대방도 화를 내게 되어 있다고 한다. 그리고 천사는 천사의 눈에만 보이고, 또 천사의 눈에는 모든 사람이 천사로 보인다고도 한다. 상대방을 천사로 대접하면 정말로 천사가 될 수 있다는 말을 마음 속 깊이 되새겨보기를 권하고 싶다. 그것이 바로 사랑에 성공하는 첩경이라 믿기 때문이다.

신랑 신부는 물론 하객들까지 당초 우려했던 것과는 달리 나의 덕담에 경청하는 모습을 확인할 수 있었다. 세대 간의 이질적 행태에도 불구하고 본질적인 인식에는 변함이 없다는 생각에 안도하며 단상에서 내려섰다. ─ 2023년 5월

필부의 회한

"참 이상하죠? 나만 빼고 모두 마치 패션쇼에 나오는 사람들처럼 요란한 의상들을 하고 왔더라고요. 그저 학기말마다 갖는 자체 발표회에 불과한데 말이에요."

백화점에 개설된 가곡교실 반에 다니고 있는 아내가 발표회에서 부른 자신의 노래 녹음 파일을 '카톡'으로 보내오며 넌지시 던진 말이었다. 다시금 카톡을 살펴보니 아내의 독창 동영상 바로 위에 발표회에 참석한 동호인들의 단체 사진이 빠끔 고개를 내밀고 있었다. 돋보기가 없어서 자세히 볼 수는 없었으나 느닷없는 멘트의 의미가 무엇인지 짐짓 마음이 쓰였다.

순간 지난번 발표회 때 일이 생각났다. 무엇을 입고 갈까 망설이던 아내가 합창단 활동 당시 입었던 단복을 입고 리허설에 나섰다. 이를 목격한 동료 한 명이 슬며시 다가와 자신이 전에 입었던 옷이 있는데 몸이 불어 지금은 못 입게 되었다며 괜찮으시다면 빌려드리겠다는 말을 조심스레 건네오더라는 것이다. 공식적인 발표회도 아닌데 꼭 연주회 복장을 해야 할지 하는 생각이 들었지만 아내는 고맙다는 말로 흔쾌히 호의를 받아드렸다고 했다. 그랬던 아내였는데 이번 발표회에는 어인 일인지 오래 전 입었던 정장 중 드레시한 옷 한 벌을 골라 입고 나서던 장면이 중첩되며 뇌리를 스쳐갔다.

자세히 살펴보니 사진 속 동료 회원들은 하나같이 세련된 의상을 걸치고 있었다. 뿐만 아니라 시선을 사로잡을 만한 모자 등 다양한 액세서리까지 착용하고 있는 모습이 확대되며 다가왔다. 무리 한쪽 끝에, 1990년대에 구입했음직한 땡땡이 물방울무늬의 짙푸른 청색 원피스를 걸친 아내 모습이 첨예하게 대비되고 있었다. 부지불식간에 가슴이 먹먹해졌다. 길이가 무릎아래까지 내려오고 폭이 넓어 유행을 타지 않을 성싶은데다 품위까지 있어 보인다며 내가 추천했던 옷이기는 했다. 그렇지만 현 시점에서 볼 때 시대를 한참 거스른 소위 구시대 복장임을 부정할 길 없었다. 더구나 구입 당시 주머니 사정을 은폐하기 위해 내세웠던 권고 사유였다는 생각까지 떠오르자 자책감이 마음 한 구석을 비집고 들어왔다. 물론 이제는 은퇴하여 70을 훌쩍 넘긴 연배이다 보니 바깥 활동마저 거의 없어 외출복 정장이 별 필요가 없는 시기이기는 했다. 그러나 그날 내게 전해진 아내의 가곡반 동호인들의 단체사진 한 장은 그 동안 잊고 지냈던 옹졸하고 무능한 나 자신의 모습을 여지없이 각인해 주는 듯하여 가슴 한편이 아려왔다.

물론 이러한 나의 처신을 그간 용여해 온 데에는 나름대로 이유가 있었다. 우리 부부는 사치품에 큰 의미를 부여하는 부류는 아니었기 때문이다. 지갑 속사정을 감안해 결혼반지까지 저렴한 것으로 마련했을 정도였다. 그래서만은 아니지만 결혼식 이후 우리 부부는 결혼반지를 끼고 다녀본 적이 거의 없었고, 지금도 어디에 두었는지 모를 정도로 무관심하게 지내고 있다. 어느 날 지인한 명이 '마누라에게 다이아반지 하나 안 해주고 결혼하는 놈은 도둑놈이야'라고 농담반 진담반 비아냥댄 적이 있었는데, 정작 당사자인 아내는 그런 말에 무신경해 보였다. 그렇더라도 결혼한지 얼마 안 되는 시점까지는 결혼반지에 대한 마음의 빚이 자리잡고 있었기에 제법 값나가는 목걸이를 선물하기도 했다. 그렇지만 예상과는 달리 아내는 이를 걸치고 다니는 적이 거의 없었다.

금전적으로 여유가 없어서이기도 했겠지만 소위 명품을 사들이는 일 따위에도 마음을 쓴 적이 거의 없어 보였다. 이러한 아내의 사치품에 대한 태도를 고마워하기도 했고 그러다 보니 이와 관련하여 특별히 마음 써본 적이 없었다. 단지 옷에 대한 욕심은 있어 보였지만 비싼 것 대신 중저가품을 여러 벌 구입하는 것으로 만족하는 듯했다. 그러다 보니 가짓수는 많아도 정작 이렇다 할 고급 의상은 거의 없었다. 그래서 한 동안은 생일날 마다 정장 한 벌씩을 선물하곤 했는데 그마저도 아주 오래 전 일이 되었다. 결국 평생 동안 나는 자신의 무능과 무관심을 감춘 채 여성의 마음을 이해하려는 노력을 외면하는 처사로 일관했다는 생각을 떨칠 길 없었다.

최근에도 재정적 부담의 무게를 속내로 감춘 채 핑계 삼아 권했던 말이 참담한 결과를 가져온 또 하나의 사건이 있었다. 작년에 아내와 나는 오랜 망설임 끝에 백내장 수술을 받았다. 노안이었던 나는 중거리용, 그리고 원래 근시였던 아내는 단거리용 수정체를 최종적으로 선택했다. 보험이 적용되는 가장 저렴한 시술을 택한 것이다. 사실은 아내가 수술 전 다초점 수정체도 있다는 말을 넌지시 건네왔다. 나는 필요 이상의 기능을 접목한 사치품이란 생각이 들었고, 더구나 10배 이상이나 되는 다초점 시술비용이 너무 부담스럽다는 생각에 다초점용은 오히려 부작용이 더 많다는 저간의 속설을 넌지시 들먹였었다. 아뿔샤, 아내가 선택한 수정체는 원래 근시였을 때보다도 더 가까운 거리만을 볼 수 있다는 것을 뒤늦게야 알게 되었다. 미안하고 참담한 심정을 가눌 길 없었다. 소파에 앉아서 TV마저 제대로 보지 못 할 정도가 된 아내를 볼 때 억장이 무너지는 것 같아 남몰래 가슴을 쳤다.

무능하고 옹졸한 남편 때문에 평생 여성으로서의 본능적 취향마저 안으로 삭인 채 살아오게 한 것만도 미안하고 고마운데, 급기야 일생일대의 오판으로 이 세상에서 가장 소중한 아내를 저토록 불편하게 만들고 만 것 같아서였다. 자신을 속죄하는 차원에서라도 이번 아내 생일날에는 그럴 듯한 나들이 옷 한 벌 장만해 주리라 다짐해 본다. ― 2023. 11. 21.

살생에도 윤리를

1970년대부터 시작된 10년 가까운 미국생활에서 쉽사리 이해하기 어려웠던 일 중 하나는 TV방송마다 수많은 요리 프로가 방영된다는 사실이었다. 아 그런데 2000년대에 들어서며, 한국에서도 같은 현상이 나타나고 있지 않은가? 끼니를 거르는 것이 더 이상 중대사가 안 될 만큼 우리의 살림살이가 좋아졌기에 가능한 일일 것이다. 일반인 출연자들이 영화배우 뺨칠 정도의 리액션을 보이는 것을 목격하다 보면, 가끔은 "와, 나도 저 음식점에 가 보고 싶다"는 생각까지 들곤 한다.

헌데 나는 가끔 섬뜩한 일부 장면에 처연해지곤 한다. 펄펄 뛰는 산 생선을 칼로 무자비하게 토막을 내거나 회를 뜨는 장면이 바로 그것이다. 이를 보고 손님들은 "야, 정말 싱싱하다. 맛있겠다. 그치?"라는 감탄사를 연발하며 입맛까지 다시는 모습이 심지어 공중파 방송에서 여과 없이 방영되고 있는 것이다. 이 민망하기 이를 데 없는 모습의 주인공이 예쁘게 단장한 아가씨들일 때는 더욱 난감하다.

돌이켜보면 우리나라의 식문화에는 다소 잔인한 측면이 있다. 주방장이 몸을 비틀어가며 몸부림치는 세발낙지를 칼로 잘디잘게 토막 내어 자랑스럽게 손님 앞에 내놓는 행위를 한 예로 들 수 있다. 떨어지지 않으려 접시 위에 찰싹 달라붙어 꿈틀거리는 낙지를 억지로 떼어내 빠른 속도로 입속에 넣거나, 때로는 뺨에 들러붙은 것을 억지로 떼내어 입 안으로 쑤셔넣은 다음 혹시라도 입안에 달라붙을까 빠른 속도로 씹어 삼키는 모습은 황당함을 넘어 가히 충격적이다.

　하나 더. 가을마다 대하(큰 새우)철이 되면, 한껏 달구어진 프라이판 위에 소금을 잔뜩 얹고 그 위에 펄떡이는 대하를 투입한 다음 재빨리 뚜껑을 덮고 생으로 구워먹는 요리가 인기다. 뜨거움에 사생결단 몸부림치는 새우가 달궈진 소금 위에서 터질듯 튀어오르다가 우당탕탕 뚜껑에 부딪치는 소리를 듣는 순간, 심지어 박수까지 쳐가며 즐거워하는 우리들의 자화상은 또 어떨까?

　혹자는 바다표범이나 물개를 잡자마자, 피가 철철 흐르는 간을 생식하는 에스키모 인들의 잔인한 섭생행태를 예로 들어가며 스스로를 정당화하려 들지도 모른다. 사실 그것은 극한 지역에서 얻기 힘든 필수 영양분을 섭취하기 위해 불가피하게 정착된 생활습성에 불과한 것인데 말이다. 그들에 대한 편견에 앞서, 아직도, 살아 있는 곰의 가슴에 구멍을 내고 빨대로 담즙을 빨아먹는 사람들이 있다는 우리의 현실을 직시하고, 비록 극히 일부사람들의 일탈이지만 우리들의 생명경시 현상부터 되돌아볼 필요가 있을 듯싶다.

차제에 비록 사소해 보일지 모르지만, 요즈음 많은 사람들이 동물의 생명을 위협하는 행위를 취미삼아 즐기는 행태도 돌이켜 볼 여지가 있다. 짜릿한 손맛을 위해서일 뿐이라며 물고기를 낚았다가 다시 놓아주는 강태공이나 낚시꾼들의 행태가 바로 좋은 예이다. 낚시 바늘을 떼내는 과정에서 아가미가 너덜너덜해진 물고기를 되돌려 보내며, 마치 큰 보은이나 아량을 베푼 듯 자랑스러워한다. 동물들은 자신의 생존을 위해 필요할 때 필요한 만큼만 사냥하는데, 우리들 인간은 재미로 사냥 행위를 자행하고 있는 것이다.

말이 나온 김에 어려서부터 익숙해져 무심코 지나쳐 온 식생활 습관 몇 가지를 더 돌아보자. 해마다 5월경이면 조기나 게에 알이 통통 오르게 된다. 독특한 맛 때문에 너나할 것 없이 비싼 값을 지불해 가며 찾는다. 그런데 곰곰 생각해 보면, 이는 임산부와 태아에 해당하는 해산물을 먹거리의 선호대상으로 삼는 것이나 진배없다. 한편 닭이나 소가 어릴수록 연하고 맛있다하여, 일삼아 찾아다니는 식도락가들이 많다. 심지어 자궁 속에서 추출한 송아지(송치라고도 함)만을 찾는 사람도 있다. 인간이 먹거리가 되는 가상의 세계에서, 어릴수록 맛이 있다거나 특수부위의 맛이 독특하다는 이유로 살해되고, 또 특정 신체 부위 별로 사냥꾼의 식도락 대상이 되는 상황을 상상해 보면 섬뜩해지곤 한다.

어차피 인간은 잡식성 동물이고 건강을 위해 육식이 필요한 존재이다. 경제적으로 윤택해진 현대인들이 다양한 식도락을 즐기는 것도 일면 자연스러운 변화임을 부정할 수는 없다. 그러나 가능한 한, 생식을 삼가는 문화를 정착시켜 나가는 시민운동이 전개되기를 바래본다. 아울러, 인간의 육식 관습상 살생이 불가피한 것은 사실이지만, 가급적이면 희생에 대한 공포와 고통을 최소화시키는 노력을 기울이는 것도 현대 문명인에 걸맞은 자세가 아닐까 생각해 본다.

아프리카의 마사이마라 국립공원과 세렝게티 평원의 동물 생태를 촬영한 다큐멘터리는 아무리 여러 번 보아도 싫증나지 않는다. 가끔이지만 우리는 정글의 법칙에 따르는, 실로 드라마틱한 약육강식의 현장을 아름답다고 느끼기까지 한다. 특히 사자나 표범 그리고 치타 등이 '누' 떼나 얼룩말 그리고 가젤 등을 사냥하는, 극적인 광경을 목격할 때가 그렇다. 그런데 도망하는 사냥감의 두려움과 공포가 어떨지 모르지만, 포식자들은 일단 사냥감을 잡는 순간 순식간에 목덜미를 물어 숨통을 끊어버린다. 잔인해 보이지만 사냥감을 즉사시켜 고통의 시간을 최소화하는 배려로 볼 수도 있지 않을까 싶다.

정글 속 동물들은 자신의 신변에 위험이 감지되면 도망칠 기회라도 있지만 가축들은 그렇지 못하다. 그래서일지는 모르지만 도살장으로 끌려가는 소가 종종 눈물을 흘리곤 한다는 얘기를 들은 적이 있다. 말이 나온 김에, 닭장 앞에서 닭의 목을 따거나 개 사육장에서 개를 도살하는 식의 행위를 삼가자고 호소한다면 지나친 요구일까? 아울러 일단 살생해야 할 경우, 순식간에 목숨을 끊어 두려움과 고통을 최소화 해주는 것이 희생에 대한 예의가

아닐까 싶다. 먼 옛날 진정 도가 튼 백정들은 소의 정수리에 일격
을 가해 즉시 소의 숨을 거두었다는 얘기를 곰곰 되새겨본다.

— 『월간문학』 2022년 3월호

금낭화

  감당하기 어려운 충격적 사건을 목격할 때마다 내가 읊조리는 노래가 하나 있다. '금낭화'란 제목의 노래로 내가 직접 작사 작곡한 곡이다. 흥얼거리다 보면 스스로도 얼마간 마음의 위안을 얻곤 하는 그런 노래다.

  2005년 식목일 날이었다. 무심코 켠 텔레비전에서 믿기지 않는 장면을 목격하게 되었다. 양양의 낙산사가 화염에 불타오르고 있었던 것이다. 해마다 동해안으로 피서를 갈 때마다 찾았던, 그리고 매년 보아도 질리지 않을 만큼 아름다운 대웅전과 부속 건물들이 마치 화형식 당하듯 불꽃 속으로 스러져갔다. '관동팔경'의 하나이자 민족문화유산인 낙산사가 이렇듯 허무하게 눈앞에서 잿더미로 변해가고 있었다. 보물 479호인 낙산사 동종이 마치 용광로 속에서처럼 녹아내리는 장면에 이르러서는 억장이 무너져 내렸다. 뻥 뚫린 듯 시린 가슴속에 묵직한 그 무엇인가가 내려앉고 있었다.

  소방용 헬기가 부족하여 진화가 늦어졌다는 아나운서의 말에 나는 그만 분노에 찬 울분을 토해 냈다. 헬기가 부족해 천년 사찰 민족 유산이 소실되는 것을 바라만 볼 수밖에 없다니, 이러고도 과연 반만년 유구한 역사에 빛나는 문명국이라 할 수 있냐고.

산불이 발생한 지 이주일쯤 지나서였다. 가끔 가슴이 조여오는 통증으로 숨도 제대로 쉬지 못할 만한 호흡장애를 겪게 되었다. 언덕을 오르다가 가던 길을 멈추고 가슴을 부여잡으며 숨을 골라야 했다. 동네병원 의사가 협심증으로 인한 심근경색 같다며 비상약을 처방해 주었다. 가능하면 빨리 큰 병원에 가서 정밀 검사를 받아 보라면서. 우선은 위급한 증상이 나타날 경우 비상약을 혀 밑에 넣고 녹여서 삼키라 했다. 혈관 내에서 마치 극초소형 TNT처럼 작은 폭발을 일으켜 위기를 넘기게 해주는 응급 치료제라 했다.

'아직 젊은 나이인데 설마 벌써 그런 병을…?' 하는 의구심이 들었지만 일단 숨을 쉬기 어려울 정도로 흉통이 심할 때마다 지시한 대로 해보았다. 불행히도 이렇다 할 효과를 볼 수 없었다. 슬며시 걱정이 고개를 들고 엄습해 왔다. 서둘러 대형병원 여러 곳을 옮겨 다니며 다양한 검사를 했으나 아무런 원인도 발견할 수 없었다. 그러는 사이에 점차 증상이 완화되기 시작했고 1년여가 경과하면서부터는 신경 쓰일 정도의 어려움은 없어졌다.

2014년 4월 16일, 인천에서 제주로 향하던 여객선 세월호가 진도 인근 해상에서 침몰하면서 승객 304명(전체 탑승자 476명)이

사망·실종되었다는 대형 참사 소식을 접하게 되었다. 그중 제주도로 수학여행을 떠난 안산 단원고 2학년 학생들의 피해가 가장 컸다. 엉뚱한 교신으로 인한 초기 대응시간 지연, 선장과 선원들의 무책임, 해경의 소극적 구조와 정부의 뒷북 대처 등 총체적 부실로 최악의 인재(人災)를 낳았다고들 했다. 그런데 정작 우리를 경악게 한 것은 침몰 중에도 승무원들이 '가만히 있으라'는 선내 방송만 내보냈을 뿐, 제때 구조작업에 나서지 않는 바람에 대형 참사로 이어졌다는 사실이다.

온 국민이 처절한 슬픔에 잠겼다. 특히 선실에 머무르라는 방송을 듣고 곧 구조될 것이라 철석같이 믿으며 부모들에게 문자나 동영상을 보내던 천진한 어린 학생들, 그리고 더 이상 살아나가기 어렵다는 판단이 들었을 때에는 '엄마 아빠 사랑해요!'라는 문자를 마지막으로 보내며 시야에서 사라져버린 아이들 모습은 우리 모두를 통한과 비탄의 심연에 빠지게 했다.

바로 이 순간이었다. 내게 어딘가 익숙한 신체 변화 조짐이 일기 시작했다. 2005년 양양 산불 당시 겪었던 참기 어려운 가슴 통증과 호흡곤란이었다. 공포와 불안이 쌓여가고 있었다. 그런 와중에 갑자기, 혹시 양양 산불 때도 이런 이유 때문이었나 하는 생각이 불현듯 스쳐갔다. 그렇다면 낙산사 소실 사건 후 1년 가까이 겪었던 흉통과 호흡장애가 심리적 충격으로 인한 것이었을 뿐, 신체적으로는 아무런 이상이 없다는 것 아닌가 하는 생각이 들자 한편으로는 위안이 되었다. 반면 이번에는 이전보다 충격의 도가 훨씬 심한 것임을 감안할 때, 내가 감당해야 할 심신의 고통은 더욱 극심할 수도 있겠다는 걱정이 너울처럼 밀려왔다. 심리적 문맹에 가까운 상태에서 어찌 타개해 나갈 것인가 고심에 고심을 더해 가고 있던 중 번개처럼 번쩍 떠오르는 단상 하나가 있었다. 언젠가 접한 적이 있는 소설가 H의 월남전 체험기였다.

월남전 참전 당시 아군이 밤새 퍼부은 포격으로 죽은 적들의 시체를 목격한 체험담을 전했던 H가 생각난 것이다. 동틀 무렵 전선을 보니 퉁퉁 부어오른 시신 위로 떼 지어 몰려드는 도마뱀과 들쥐들. 풍선처럼 부풀어 오른 다리가 밟으면 터져버리는 아수라장 같은 참상이 시야에 들어오는 순간, 서둘러 두 눈을 감았으나 몸서리쳐지는 것은 어쩔 수 없었다고 했다. 문제는 귀국 후 그 장면이 마치 귀신 나타나듯 자꾸 떠올라 견디기도 벗어나기도 힘든 트라우마에 시달리게 되었다고 실토했다. 굿이나 종교적 퇴마로도 해소할 수 없었다고도 했다. 결국은 공포로부터 도망치는 대신 사건의 전말을 정면으로 파고 들어가 확인한 다음, 이를 글로써 정리해 나가면서 심연 속에 빠져 있던 자신의 영혼을 구원해 낼 수 있었다는 대화록이 문득 떠올랐던 것이다.

당시 문학에 문외한이었던 나로서는 소설가 H처럼 글쓰기로 위기를 타개할 능력은 없었다. 고심 끝에 정년퇴임 후 틈틈이 배워온 작곡을 통해 닥쳐올 트라우마를 미연에 방지해 보자는 계획을 세웠다. 그런 와중에 내가 살던 아파트 단지 뒷산에 피어오르던 붉은 빛 금낭화 모습이 떠올랐다. 심장 모양을 하고 있는 데다 그 하단부에 마치 눈물방울이 매달려 있는 듯한 형상을 하고 있어 희생자 유가족을 가장 먼저 연상케 했기 때문이다. 아마도 그래서 서양에서도 이 꽃에 '눈물방울(tear drops)'이라는 꽃말을 붙인 것 같았다. 며칠 밤낮을 새워가며 쓰고 지우기를 수십 번, 마침내 탄생시킨 노랫말은 다음과 같다.

웃음 지며 집 나선 내 아이야.
어디 갔니, 어데 있니, 영영 먼 길 떠났느냐.
험한 뱃길 원망해도, 비켜간 기적 원망해도
서러움만 가득 차네.
아아 정녕 꿈이었다면…

사랑해요 한마디 남기고 스러져간
저 밤바다에는 찬결만 이누나.

슬퍼하지 말아요, 울지도 말아요.
엄마, 아빠 다시 찾아올게요.
까만 밤하늘에 작은 별로 찾아오고
흰나비 되어 날아오고
눈물 같은 금낭화 되어 다시 피어날게요.

가사를 쓰며 떠올렸던 감정을 곱씹어 가며 곡을 붙였다. 내친 김에 가수까지 섭외하여 음원을 제작했고 유튜브에 올리기도 했다. 반드시 그래서였다고 확신할 수는 없지만, 천만다행으로 예상했던 가공할 만한 홍통을 겪지 않고 지나갈 수 있었다.

공분이나 정신적 충격으로 인한 고통은 유형과 크기가 개인마다 다를 것이다. 물론 그것이 아무리 크더라도 대부분의 경우 시간이 흐르면서 서서히 옅어지게 된다는 논리를 부정하기는 어렵다. 하지만 고통의 크기와 해소에 소요되는 시간을 감안할 때 '그저 시간이 약이다'라고 믿고 견뎌내기에는 개인적으로 감내해야 할 고통의 무게가 너무 크다. 의학적 처방 외에 심리학자들이 소위 '예술치료'라는 대안을 제시하곤 했지만 크게 신뢰한 적이 없었는데, 최근의 두 차례에 걸친 재앙을 목도하고 대처하는 과정에서 그 진가를 스스로 터득하게 되었다.

현재까지 10년 가까운 기간에 걸쳐 문학수업을 열심히 받아왔다. 이제는 음악치료 외에 글쓰기를 통한 예술치료로 정신적 트라우마에서 벗어날 수 있을 것이라는 생각에 안도하며 요즈음도 가끔 '금낭화' 가사를 읊조리곤 한다. ― 2022년 봄

김선욱과 정화된 밤

한 음악 전문 케이블 TV채널에서 내가 좋아하는 피아니스트
겸 지휘자인 김선욱과의 대담이 방영되고 있었다. 인터뷰 말미에
사회자가 어떤 곡을 가장 좋아하는지 묻자 김선욱은 한 치의 망
설임도 없이 '쇤베르크의 정화된 밤'이라 했다. 의외의 선택이라
며 사회자가 그 이유를 물었더니, 그 음악을 들을 때마다 마음의
위안을 얻는다고 했다. 유독 베토벤과 브람스 곡 연주를 즐겨하
는 그가 하필이면 그토록 단조로워 보이는 곡을 선택했는지 시청
하던 나로서는 이해가 잘 되지 않았다. 혹시 그 곡이 현대음악 창
시자의 곡이라서? 아니면 음악 사조의 흐름에서 기념비적 위상
을 차지하는 것이라서? 그도 아니라면 단지 천재적 음악가의 특
이한 취향 때문에? 의문점만 생길 뿐 그 이유를 나 같은 범인으
로서는 헤아릴 수 없었다.

김선욱이 최애곡이라 소개한 '정화된 밤'은 20세기 현대음악의
선구자인 쇤베르크가 리하르트 데멜의 '두 사람'이란 시를 현악
6중주곡으로 작곡한 곡(나중에는 관현악으로 편곡)이다. 한때 사랑했

던 사람의 아이를 잉태했다는 여인의 고백을 듣고 남자가 그 아이까지 축복으로 받아들이겠다 대답하는 내용의 시에 감동하여 작곡했다고 전해지고 있다. 그렇다면 혹시 그 남자의 사회적 통념을 넘는 헌신적 사랑을 노래한 음악이라서 김선욱이 좋아하는 것일까?

그런데 막상 쇤베르크 자신은(실제로는 화가이기도 했음) 그의 부인 마틸데가 후배 화가 리하르트 게르스톨과 눈이 맞아 가출해 버리는 불행을 겪게 되었는데, 부인이 나중에 돌아와 사죄하였으나 냉랭하게 대했던 사람이다. 게다가 마틸데가 떠나간 것을 비관하던 게르스톨이 자살하는 비극까지 벌어졌다. 결국 남의 일에는 쉽게 이성적 견해를 제시할 수 있지만 막상 자신의 일이 될 때는 수용하기 어렵다는 일화를 남긴 장본인이 되고 말았다. 이러한 정황으로 미루어 볼 때, 비록 정화된 밤이 그가 이러한 비극을 겪기 전에 작곡한 곡일지는 몰라도 단지 감동적인 시에 대한 영감으로 쓴 곡이라는 이유만으로 김선욱이 '정화된 밤'을 좋아하게 된 것 같지 않다는 생각이 들었다.

그렇다면 그 곡이 무조음악(12 tone music)*이라는 형식의 현대음악의 효시가 된 사람의 작품이기 때문이었을까? 그러나 젊은 시절 쇤베르크는 베버나 말러 등의 영향을 많이 받은 후기 낭만파 음악가로 조성주의 음악에 심취했다. 그러다가 그는 표현주의 회화의 영향을 받아 한때는 예술가 자신의 감정(무의식적인 충동이나 욕망)의 주관적 표출을 중요시하는 이른바 표현주의 음악에 빠지기도 했다. 그러나 그는 곧 반음계의 지나친 사용 등으로 조성의 안정감이 흔들리는 표현주의 음악의 문제점에 당면하게 되었고, 결국 조성의 구속을 받지 않는 무조(無調)음악을 창안하게 되었다. 그런데 '정화된 밤'이란 곡은 무조음악이라기보다는, 표현주의 성격이 강한 후기 낭만주의 음악에 가깝다고 여겨진다. 따라서 이 곡이 음악사에서 현대음악의 기념비적 역할을 한 것으로 이해하기는 어려워 보인다. 더더구나 그런 이유로 김선욱이 '정화된 밤'을 좋아하게 되었다고 보기는 어려웠다.

반면 김선욱은 논리적으로 완벽하면서도 다양한 화성 진행을 통해 곡을 쓴 베토벤이나 그의 전통을 이어받았으나 이를 낭만주의 음악으로 발전시킨 브람스를 좋아하는 피아니스트다. 또한 그는 화려한 연주보다는 작곡가의 의중을 얘기하듯이 풀어나가며 관객들에게 전하는 연주를 선호하는 음악가다. 그래서 얼핏 듣기에는 밋밋해 보이지만 그의 연주에 몰입하다 보면 마음의 위로와 감동을 느낄 수 있다. 그의 이러한 연주 철학은 결국 그가 자신의 오랜 숙원이었던 지휘자로 등단하게 되면서 더욱 확실히 드러났다. 한마디로 말해 그의 연주나 지휘는 무료하거나 단조로운 음악으로 알려진 곡도 관객들로 하여금 심취하게 만드는 마력을 가지고 있는 것 같다.

정화된 밤이 김선욱의 최애곡이라 하였으나 나로서는 여러 번 들어보려는 시도에도 불구하고 끝까지 들어보기 어려울 만큼 지루한 음악이었다. 그러다가 쇤베르크가 이 곡을 단지 데맬의 시에서 받은 영감을 음악으로 표현하는 전통적인 방식을 따르는 대신, 시구 하나하나에 곡을 입히는 방식으로 써내려 갔다는 사실을 알게 되었다. 이러한 측면에서 보면 표현주의 영향을 받은 후기 낭만주의 곡이란 생각도 들었다. 생각이 이에 이르다 보니, 아 그렇다면 김선욱은 이 곡을 연주하며 데멜의 시를 관객에게 읽어주려 했구나 하는 생각에 다다랐다.

어쩌면 한 피아니스트의 독특한 취향쯤으로 받아들이면 될 만한 일을 가지고 왜 이렇듯 온갖 상상의 나래를 펴 보는 것일까 스스로도 납득이 가지 않는다. 그러면서도 김선욱 팬의 한 사람으로서 그가 이 곡을 선호했을 이유를 보다 품격 있게 이해하고 싶은 생각이 들은 것은 사실이다. 사실여부를 떠나 일단 나는 그가 데멜의 시에 감동했던 쇤베르크가 순수한 감수성으로 써내려 간 음악 자체에 매력을 느꼈을 것이라 생각하기로 했다. 그러면서도 그 곡이 스토리 전달을 중시하는 그의 연주방식에 최적화된 곡이기 때문일 것이라는 심증이 강하게 들었다.

이런 저런 상념 속에 오늘도 쇤베르크의 정화된 밤을 들으며 쇤베르크가 음표로 쓴 5부작 데멜의 시를 음미해 본다. 황량한 숲 속을 두 남녀가 달빛 속에 거니는 장면에서 시작해, 여성이 전 애인의 아기를 잉태했다는 고백으로 남성의 긴장감이 고조되는 장면, 마음을 다독여가며 담담하게 평정을 찾아가는 장면, 아이까지 축복으로 받겠다며 여성을 포옹하는 장면, 그리고 그 후 다시 두 사람이 달빛 품은 숲속을 조용히 걸어가는 장면을 떠올리며 음악에 몰입하다보니 어느덧 사나워진 마음이 순치되는 듯하다.
— 2024년 2월

*12음기법은 조성조직(調性組織)을 대신하는 이론으로서, 조성음악에 존재했던 으뜸음을 전혀 인정치 않고 1옥타브 안의 12개음(흰 건반 7개, 검은 건반 5개)에 모두 동등한 자격을 주어 이를 일정한 산술적 규칙에 따라 배열, 진행시키는 것이다. 12음 음악은 원칙적으로 작곡가가 미리 정해놓은 12개의 음렬을 되풀이해 구성하는데, 한 음이 연주된 경우 나머지 11개의 음이 연주되지 않고는 그 음으로 다시 되돌아올 수 없는 식이다. 이렇게 12개의 음을 조직적으로 균등하게 사용함으로써 조성 또는 선법에 입각한 음악과는 다른 체계를 만들어 내게 되었다.

갈대와 억새

해마다 9~10월경이면 탄천 변은 갈대처럼 보이는 풀로 장관을 이룬다. 탄천으로 이어지는 동막 천변에 사무실이 있어 매일이다시피 호사스런 산책에 나서는 기쁨을 만끽한다. 특히 해질녘 노을을 배경으로 바람에 표표히 나부끼는 이들 모습을 볼라치면 깊은 상념에 빠지기도 한다. 파스칼(Blaise Pascal)이 그의 저서 『팡세(Les Pensees)』에서 전한 경구, '인간은 자연의 가장 약한 갈대에 불과하다. 그러나 그것은 생각하는 갈대(Roseau Pensant: Thinking Reed)다.'라는 말을 음미하면서.

여러 날 걷다 보니 자연스레 이들을 면밀히 관찰하게 되었는데, 어떤 것은 은빛 찬란한 꽃을 피우고 있는 반면 또 어떤 것은 칙칙한 갈색을 하고 있다는 사실을 알게 되었다. 아마도 갈대는 원래 은빛 꽃을 피우지만 점차 갈색으로 퇴색하는가보다 생각했다. 그런데 이상한 것은 수변에 가까운 무리의 꽃들은 모두 갈색이었는데 물가로부터 5m 남짓 떨어진 군락의 꽃들은 모두 은빛이었다는 점이다. 혹 인공적으로 이들을 조성할 당시 꽃의 색깔이 다른 수종의 갈대를 심은 게 아닐까 하는 생각이 들어 백과사전에서 확인해보게 되었다. 순간 얼굴이 화끈거릴 정도로 부끄러워졌다. 그들은 갈대와 억새라는 서로 다른 풀꽃들이란 사실을 발견하였기 때문이다.

본디 갈대(reed)와 억새(silver grass, 또는 flame grass)는 둘 다 볏과에 속하는 여러해살이 풀이라고 한다. 생김새도 비슷한 데다 심지어 꽃 피는 시기까지 9월로 비슷해 얼핏 보아서는 구분하기가 어렵다. 차이가 있다면 갈대는 강가나 습지처럼 물이 있는 곳에서 무리지어 자라는 반면, 억새는 들과 산에 주로 서식한다는 것이다. 이외에도 갈대의 키는 2~3m 정도이고 꽃의 색깔은 칙칙한 갈색인 반면, 억새의 키는 이보다 약간 작아 1.5~2m 정도이며, 꽃 색깔은 찬란한 은빛이란 차이가 있다는 사실도 알게 되었다.

갈대도 있긴 하지만 억새가 주류를 이루고 있는 천변에서 팡세의 '갈대'를 연상했다니 스스로 한심하다는 생각이 들었다. 이후 산책길에선 어깨를 맞대고 사분대는 탄천 변 갈대와 억새를 새로운 마음가짐으로 마주하게 되었다. 그러면서 파스칼이 왜 억새 대신 인간을 색깔도 칙칙한 갈대에 비유했을까 하는 의문이 떠오르기도 했다. 아마도 서양에서는 억새를 찾아보기 어렵기 때문이 아닐까 하는 생각이 들었다. 억새는 주로 한국과 일본 그리고 중국 등에 서식한다고 알려져 있기 때문이다.

그런데 파스칼의 표제어, '인간은 한 그루 갈대에 불과한 자연에서 가장 약한 존재이지만, 생각하는 갈대'라는 말은 흔히 인용

되고 이해되는 내용과는 다른 맥락에서 이해할 여지가 있다. 이 말은 인간이 소유하고 있는 사고력 내지 이성적 능력의 중요성을 강조한 것이지만, 동시에 인간의 한계와 취약성을 강조한 것이기 때문이다. 즉 파스칼은 인간을 절대적 존재인 신에 비교할 때 나약하고 무력한 존재에 불과하다는 관점을 저변에 깔고 있었던 것이다. 그는 인간이란 자신이 약한 존재임을 깨닫고 올바르게 사유할 수 있다는 차원에서 고귀하다고 보았고, 아울러 신에 대한 인간의 무력함을 강조하며 신에 의탁할 것을 권고한 것으로 이해할 수도 있는 것이다.

대학생 시절 나는 인간이 단지 생각할 수 있는 존재라는 사실만으로 만족할 수 있을까 하는 의문을 품고 있었다. 행동이 뒤따르지 않는 사색은 나약한 푸념에 불과하다는 생각이 들어서였다. 이러한 관점에서 나는 행동하는 지성을 강조한 사르트르의 이른바 앙가주망(engagement)이란 실존철학이론에 매료되었던 것 같다. 그 결과 '생각하는 갈대'처럼 소극적 차원의 인간으로 존재하는 대신, 보다 능동적인 참여와 비판을 생활화하려는 사고가 내 마음 속 깊은 곳에 뿌리내리게 되었다는 생각이 든다. 이후 나의 행보가 단지 생각하는 갈대의 수준을 넘어 비록 미미했지만 행동하는 갈대로 자리 잡게 되었기 때문이다.

돌이켜보건대 아마도 그때부터 이미 나는 추색한 색으로 고개 숙이는 수동적인 갈대가 아니라 은빛 찬란한 백발 노익장의 걸기처럼 의연한 억새로 거듭나고 싶었는지도 모른다. 우리나라에는 정선의 민둥산, 창원의 화양산, 그리고 포천의 명성산 등에 유명한 억새 군락지가 있기는 하지만, 대체로 나무도 자라기 힘든 바람 센 산정, 무덤 많은 야산 발치, 개울이나 천변 언덕 같은 척박한 곳에 주로 군락을 이룬다. 말하자면 억새가 이처럼 자생 여건이 안 좋은 땅에 뿌리를 내리고 씩씩하게 자랄 수 있는 토속 풀이라는 상징성을 띠고 있는 것 같아 더욱 그런 생각이 들었다.

우연히 발견한 어느 문인의 표현대로라면, 억새란 갈대처럼 낫질 따위에 호락호락 당하는 나약한 풀이 아닌 듯싶다. 이파리에 작은 톱날 같은 가시를 날카롭게 세우고 자신을 위협하는 힘에 대해 완강하게 저항하기 때문이다. 문자 그대로 억새란 억세고 기가 살아 있는 풀인 것이다. 억새야말로 갈대에 비해 능동적인 행동을 강조하는 앙가주망에 더욱 잘 어울리는 비유 대상이 아닐까 싶다.

오늘도 천변을 걸으며 그렇다면 과연 나는 갈대가 아닌 억새로 살아왔는지 자문해 본다. 억새이기를 자처하고 나섰지만 대체로 갈대 같은 연약한 존재로 주저앉았던 것은 아닌가 싶어 마음이 허허롭다. 그러면서도 때로는 우악스레 억새이기를 표방하다 낙인이 찍혀 정작 해보고 싶은 일을 해볼 기회마저 잃고 말았던 사실에 회한이 크다. 그리고 보면 결국 나는 일생을 어쩌면 사소한 저항으로 일관하다 큰일은 해보지도 못한 '소탐대실가'에 불과했다는 생각에 마음이 무겁다. ─2023년 7월

참길 잘했어

　이름난 해장국집이었지만 1시를 훌쩍 넘긴 시간대여서인지 손님은 달랑 우리 부부뿐이었다. 두어 수저 국밥을 들었을 때 젊은 커플이 들어와 옆자리에 앉았다. 수수하지만 단정한 옷차림의 여성과 순수하고 선한 얼굴의 남성이었다. 경제적으로 윤택해진 시대의 젊은 세대답게, 고생 따위는 안 해본 듯한 모습이었다. 하기야 젊다는 이유 하나 만으로 모든 것이 예뻐 보이는 나이 아닌가 하는 생각에 사뭇 부러운 눈초리로 그들을 흘긋 쳐다보기까지 했다.

　그런데 이게 웬일인가? 그들이 앉자마자 쏟아내는 말은 모두 'ㅆ'자와 'ㅈ'자로 범벅이 된 욕설들이었다. 그것도 거리낌 없이 높은 톤으로 내뱉고 있었다. 불편한 심기를 전하고자 헛기침까지 하며 곱지 않은 눈길을 수차례 주었으나, 눈이 마주친 후에도 민망하기 이를 데 없는 욕설투성이 대화는 그칠 줄을 몰랐다. 결국 나는 벼락같은 호통으로 이를 중단시키기에 이르렀다. 어떻게 그토록 상스러운 말을 공공장소에서 고성으로 마구 해댈 수 있느냐고 힐책했다.

젊었을 적 나는 부당하거나 불공정한 일에 민감하게 반응하는 성향을 갖고 있었다. 솔선수범해야 할 일이라고까지 생각했다. 때로는 고양이 목에 방울 달 사람이 필요하지 않겠느냐는 구실로 자위하기도 했다. 이를 보고 용기 있는 행동이라며 추켜주는 사람까지 있었다. 물론 사건 피해 당사자들로부터는 경계와 증오의 대상이 되는 경우가 허다했다. 그러나 나이가 들면서 이러한 처신에 의문이 들기 시작했다. 스스로는 해야 할 일을 했다고 자부했지만, 돌이켜보면 보다 원만한 대처방안을 고심해 보거나 상대방 입장을 제대로 배려해 본 적은 거의 없었다는 생각이 들었기 때문이다.

식당에서 나와 집으로 향하는 동안 사나워진 심사를 추스르는 과정에서 십여 년 전 있었던 사건이 생각났다. 야간 강의를 마치고 막 남산 3호 터널을 지날 때였다. 갑자기 앞서 가던 차량이 경적을 울리기 시작했다. 아마도 그 앞에 있는 차량에게 불만을 표시하는 모양이라 생각했다. 그런데 운전자가 창문을 내리고는 나에게 고함을 치는 것이 아닌가. 무슨 일인가 싶어 귀 기울여보니 전조등을 끄라는 것이었다. 터널 안에서 소등하라는 터무니없는 요구라서 묵살했다. 터널을 빠져 나올 때 쯤 차량행렬은 극심해진 교통 혼잡으로 거의 정차 상태가 되었다. 이때 갑자기 앞차 운전자가 창문을 열더니 이번에는 입에 담기 어려운 욕설을 퍼부어 대는 것이 아닌가. 아들뻘도 안 되어 보이는 젊은이였다. 순간 나는 녀석에게 혼찌검이라도 내리란 생각으로 문을 열고 내렸다.

그때였다. 갑자기 옆에서 경적이 울려 부지불식간에 쳐다보니 나이 지긋해 보이는 모범택시 기사가 "그냥 참으세요, 참아"라고 하고는 사라졌다. 도로 상에 차를 세워 놓고 언쟁을 벌이는 것이 적절해 보이지도 않았고 또 만의 하나 육체적인 접촉으로 불상사가 발생한다면 어쩔 것인가 하는 생각이 퍼뜩 들었다. '심야에 노상에서 대학교수가 젊은이를 폭행하다' 라는 기사라도 나면 또 어떻게 할 것인가? 아니 그보다는 젊은이에게 봉변당할 가능성이 더 컸을지도 모른다. 대학 교정에서 교수인 줄 뻔히 알면서도 수틀리면 "아저씨 왜 반말하세요?"하고 덤비는 학생들까지 간혹 있는 세태인데 말이다. 결국 자의 반 타의 반 분을 삭이며 다시 차에 올랐다.

집으로 가기 위해 사당 사거리에서 골목길로 막 접어들 때였다. 앞서 가던 차가 오른 편 건물 앞으로 우회전하더니 지하주차장에서 나오는 출구를 막아선 채로 정차하는 모습이 시야에 들어왔다. 경비로 보이는 아저씨 두 사람이 손사래를 치며 차를 빼라고 언성을 높였다. 순간 정차한 차에서 내린 젊은이들이 경비를 두 발차기로 걷어차는 믿기 어려운 상황이 벌어졌다. 생각해 볼 겨를도 없이 나는 차문을 박차고 나가 그들에게로 달려가고 있었다. 아 그런데 또 이건 웬일인가. 뒤에 있던 차에서 "이 XX야, 차 빼!"라고 고함치는 것이 아닌가. 달리 대응할 방도가 없어 일단 차를 왼편 골목길로 돌려놓고 다시 돌아오리라 생각했다. 그러나 그러기엔 교통체증이 극심했다.

얼마간 시간이 지체되며 분을 삭이지 못해 씩씩대던 나의 흥분도 다소 진정되었다. 그러는 동안 조금 전 남산 3호 터널을 벗어나며 옆을 지나던 택시기사가 건넨 말이 떠올라 편치 못한 심사를 다독여가며 결국 사건의 종말을 확인조차 못한 채 귀가하고 말았다. 자칫 사건에 휘말렸더라면 결국 불상사만 나았으리란 생각이 뒤늦게 들었다. 이미 환갑을 훌쩍 넘긴 나인인데 학생 시절 그 알량한 태권도 좀 배운 적이 있다는 생각에 아직도 두서넛은 너끈히 감당할 수 있다고 착각하고 있었던 것이다.

내 경우와는 다소 상이한 동기에 기인하는 상황에서도, 너나 할 것 없이 성급한 행동이 우리 사회에 만연되어 있다는 생각이 든다. 고도성장 위주의 경제 발전으로 기존 질서가 붕괴되는 과정에서 '빨리빨리' 문화가 자리 잡은 데 기인하는 것으로 보인다. 예전에는 아이들이 못된 짓을 했다가는 동네 노인으로부터 '네 이놈'으로 시작되는 호된 꾸지람을 받는 것만으로 동네 질서가 바로잡히던 시절이 있었다. 같은 마을에 사는 교장 선생님 같은 분의 눈에 나면 심리적 왕따를 당할까 조신하며 행동했다. 그랬던 것이 고도 성장기를 거치며 전통적 윤리나 가치관은 여지없이 붕괴되었고 이를 대체할 만한 선진 시민의식이 제대로 정착되지 못한 상태에 우리가 살고 있는 것이 아닌가 싶다.

1970~80년대 한국인은 평균 4년에 한 번씩 이사를 한 것으로 나타났다. 사정이 그렇다 보니 더 이상 동네 어른이나 선생님의 평가가 위력을 발휘하기 어려워지게 된 것으로 보인다. 아니 그

보다는 재빨리 고 연봉 직장을 구하거나 재테크에 전념하는 것만으로 입신양명 할 수 있다 보니 그야말로 남의 눈치 볼 필요가 없어져 버린 것이다. 물론 일부 봉건적 사회질서나 관습 등이 자취를 감추게 된 긍정적 변화라고 볼 수 있는 측면도 있다. 그러나 사회는 어느새 자기주장만 강하고 남의 배려에 인색한 문화에 젖어들게 된 것이란 생각을 부정하기 어렵다. 사회규범이 경제성장 속도에 발맞추어 성숙한 단계로 이행되지 못한 것이 엄연한 사실이란 생각이 든다.

나의 벼락같은 호통에 머리조차 못 들고 수저를 끄적거리던 젊은이 모습이 마음속에 계속 잔영으로 남아 있다. 연인 앞에서 공개 면박당하며 체면을 엉망으로 구겨버린 그의 얼굴이 쉽사리 지워지지 않게 되자 과연 나의 처신이 적절했는지에 대해 의문이 들었다. 조용히 논리적으로 주의를 주거나 은밀히 남성만을 불러내어 의사를 전할 수도 있었지 않았는가 싶다. 실행으로 이어가기에는 이미 늦어버렸지만 돌아가 사과하고픈 생각까지 들었다. 인내는 미덕이며 인내는 돌도 닳아 없앤다는 격언을 마음에 새겨보는 것으로 대신하기로 했다. ─ 2023. 2.

잠긴 편지함

"아빠, 이젠 저 편지함 좀 열어보면 안 돼요? 궁금해 죽겠는데."

가끔 들어 온 얘기지만 그럴 때마다 아내와 나는 그 속내를 들킬까 두려워하는 사람처럼 화들짝 놀라곤 한다. 혹시 딸들이 우리 몰래 열어보면 어쩌나 싶은 걱정이 슬며시 들기도 한다. 남들에게 보이기엔, 더구나 딸들에게 공개하기에는 왠지 쑥스러움이 앞서기 때문이다. 편지함에는 우리 부부가 한창 젊은 시절 주고받은 연애편지가 보관되어 있는 것이다.

대학 졸업 후 당시 경제학도에겐 꿈의 직장이었던 ○○은행에 입행했다. 그러나 기쁨을 만끽하기도 전, 첫 임지로 제주지점이 배정되면서 아연했던 기억이 아직도 생생하다. 지금 같으면 서로 가겠다고 나설 만한 지역이지만, 당시에는 마치 해외 오지로 파견근무라도 나가는 것처럼 격리감이 강하게 느껴졌던 때였기 때문이다. 더구나 그 시절 나는 대학 동아리에서 만난 지금의 아내와 열정적인 교제를 이어가고 있었기에 더욱 그러했다. 우리는 갑자기 밀어닥친 생이별에 가까운 상황을 견뎌내기 위해 가능한

한 자주 소식을 전하기로 했다. 실제로 약 1년간의 제주지점 근무 기간 중 우리는 거의 하루도 빼지 않고 편지를 주고받았다. 연인 사이라면 누구나에게 있을 법한 일이지만, 우리 경우는 그때 교환한 손편지를 50년을 넘긴 현재까지 보관하고 있다는 점에서 특별한 측면이 있다.

반세기 이상 잠겨 있는 금단의 편지함은 가로가 10, 세로가 20, 그리고 높이가 10cm 정도 크기의 목재함이다. 밑면을 제외한 다섯 면에 탐스러운 꽃 모양의 무늬가 음각으로 정교하게 새겨져 있는데 구시대 패물함 같은 품새를 하고 있다. 가히 조각 작품이라 해도 무리가 없어 보이는 목재함에는 마치 조선 시대의 궤처럼 옛날식 잠금장치가 있다. 우리 결혼식 때 아마도 미술을 전공했음직한 아내의 친구가 결혼 선물로 남기고 간 것이라고 짐작할 뿐, 누구의 선물인지 확인조차 못한 채 지금까지 고이 보관하고 있다. 열쇠를 잃어버려 열어보지도 못하게 되었지만, 그렇다고 잠금 장치를 부숴가며 내용물을 확인하고 싶지는 않아 그대로 거실 장식대 윗자리에 모셔놓고 있는 것이다.

문제의 목재함 속에 비밀스런 편지가 담겨 있다는 사실은 지인들의 상상력을 자극하기 충분한 모양이다. 우리 집을 방문하는 사람들마다 편지함을 쥐도 새도 모르게 훔쳐내어 공개할 수도 있다며 애교 섞인 협박을 가해 오곤 한다. 특히 두 딸들이 벌이는 공개 요청은 매우 적극적이어서 가끔은 위협적으로 들리기도 한다. 그래서만은 아니지만 딸들이 다녀간 후엔 편지함이 온전히 제자리에 있는지 확인하다 멋쩍은 웃음을 짓기도 한다.

남사스런 표현이 가득했을 젊은 날의 편지, 아마도 눈물 콧물 다 묻었을 편지들을 꺼내어 읽어보는 일을 스스로도 정서적으로 감당할 자신이 없었기에 지금까지 한 번도 꺼내본 적이 없었다. 반면 비록 무안한 표현 가득할 자신들의 옛 편지를 읽어본다는 것은 민망한 일이 될 것임에 틀림없지만 한 번쯤 열어보고 싶은 충동 또한 강한 것은 사실이다. 외부인으로부터는 철통 보안을 유지하더라도, 작정만 한다면 일단 자물쇠를 부수고 내용을 확인한 후 다시 잠금장치를 설치해 둘 수도 있다는 생각도 해보았다. 그럼에도 불구하고 우리 부부는 누구도 먼저 그런 제안을 한 적이 없다. 50년을 넘게 함께 살아오는 동안 편지함이 우리 부부생활의 버팀목이 되어 왔다는 사실에 암묵적으로 공감하였기 때문이다. 젊은 시절 치열하게 서로를 갈구했던 추억이 담긴 편지는 부부 간의 사소한 갈등마저도 봉합해 주는 역할을 다해 주었다는 생각이 들었던 것이다. 아마도 편지함의 가치는 공개되었을 때보다 무한한 상상력을 자아내는 비밀스런 금단의 보물함으로 남아 있을 때 더 커질 수 있으리란 생각이 든다.

의연하게 자리 잡고 있는 편지 보관함이 오늘도 거실 한편에서 우리를 내려다보고 있다. 두 번 다시 재현할 수 없는 편지함 속 서신은 그 내용과 상관없이 우리에게는 정서적 가치가 매우 큰 보물로 자리 잡아 왔다는 확신이 든다. 만일 우리 부부 중 나중에 남겨질 한 사람이나 딸들, 그리고 그 후손들까지 이 목재함을 열어보지 않고 대대손손 전해 준다면, 마치 타임캡슐처럼 언젠가는 우리가 살았던 시대상과 언어 풍습 등에 관한 사회상 연구에 유용한 자료가 될 수도 있지 않을까 하는 망상에 가까운 기대에 빠져보기도 한다. — 2024년 1월 3일

제4부

탄금대

학자의 길

"미스터 리, 혹시 서예 공부 한 적 있나? 내가 습작으로 써본 작품들이 몇 점 있는데 한 번 봐주었으면 해서 그러네만."

내가 미국에서 박사학위 과정을 거의 마쳐가던 1977년 여름학기에, 위티(James Wittie) 교수가 결국 그에게는 마지막 연구조교가 되었던 내게 뜻밖의 부탁을 해왔다. 어떤 연유로 서예에 관심을 갖게 되었느냐 물으니 놀랍게도 6·25전쟁 참전 당시 한국군 장교였던 서예가로부터 배웠다고 했다. 참전 사실조차 모르고 지냈다는 것이 죄송스럽기도 했고 또 서예작품에 대한 전문적 식견마저 없어 고심하다 보니 그날 밤은 잠까지 설쳤다.

다음날 긴장 속에 선생님의 작품을 받아들었다. 순간 입을 다물 수 없었다. 평가할 만한 수준이 아니었기 때문이다. 획을 긋는 순서조차 숙지하지 못한 채, 그저 글씨 모양을 흉내 낸 그림 수준이었다. 그러나 선생님이 당황해 할까 싶어 글씨체가 특이하고 힘이 넘친다는 식으로 얼버무리며 평가를 대신했다. 그 말에 많이 흡족했던지 지도해 준 분이 유명한 서예가였다는 점을 강조하였다. 그런데 애석하게도 그로부터 채 한 달도 안 된 시점에 그가 타계하였다는 소식을 접하게 되었다.

선생님은 경제학계 최고 권위 학술지인 Journal of the Political Economy의 편집 일을 담당할 정도로 주목받는 학자였다. 머리는 은색 백발이었는데 길게 늘어뜨리고 다녀 그 외양이 마치 음악가 바흐나 헨델을 연상시키는 분이었다. 누가 보아도 최소한 70세 정도는 되었을 것이라 짐작했다. 놀랍게도 작고할 당시 선생님 나이가 불과 54세였다.

그해 여름 선생님의 연구조교를 하는 동안, 나는 선생님에게 거처할 집마저 없었다는 사실에 아연했다. 편의상 캠퍼스 내 방문객용 호텔에 주소지를 두고는 있었지만, 그곳에 가서 자는 경우가 드물었다. 그의 부인 헨리배리(Barbara Henryberry)박사도 경제학자였다. 부부가 함께 늘 도서관에서 책을 보며 타자기 앞에서 논문을 쓰다가 밤을 새우는 것이 다반사였고 아침에는 도서관 지하식당에 내려가 간단한 조식을 하는 것이 일상이었다.

하루는 돈이 다 떨어졌다며 내게 자신의 메일함에서 급여봉투를 하나 가져다 달라 하였다. 메일함을 열어보니 놀랍게도 지급 시기조차 알 수 없는 급여봉투들이 뭉텅이로 뒤섞여 있었다. 선생님은 돈이 필요하면 메일함 속의 수표 중 하나를 무작위로 뽑아다 쓰곤 했던 것이다. 그야말로 연구 외에는 관심 갖는 일이 거의 없었던 분 같았다. 그러다 보니 계단을 오르내릴 때 숨 가빠하는 모습을 자주 보일 정도로 건강이 좋지 않았던 모양이다. 그러나 선생님이 죽음을 자초할 만큼 건강관리에 극도로 소홀해 왔을 줄은 미처 몰랐다. 부창부수였을까? 놀랍게도 부인마저 오래지 않아 남편 뒤를 따라가고 말았다.

위티 교수가 세상을 떠나는 바람에 나는 트래비스(William Travis)라는 분을 지도교수로 모시게 되었다. 노벨경제학상 수상자 킨들버거(Charles P. Kindleberger) 교수의 수제자로 국제경제학 분야에서 명성을 쌓아가고 있던 분이었다.

트래비스 교수 또한 연구 외에는 관심 두는 일이 거의 없는 학자였다. 외양은 영국의 전설적인 골프선수 닉 팔도(Nick Faldo)처럼 생겼으나 좋아하는 운동은 없었고 야외 수영장에 나가 있는 정도가 고작이었는데 그나마 수영은 하지 않고 일광욕을 하면서 책만 보던 분이었다. 반바지와 티셔츠 정도만 걸치고 수업에 들어오는 날이 많았고 늘 자전거를 타고 다니는 파격적 행보를 보였던 분이기도 하다.

그는 허구한 날을 오직 책과 씨름하는데 보내다 결국 부인으로부터 이혼까지 당하고 말았다. 아버지 영향을 받아서인지 초등학생이었던 그의 아들은 부모가 헤어지기 이전부터 걸핏하면 학교 수업까지 빼고 대학에 와서 컴퓨터 배우는 데 열을 올리곤 했다. 부전자전이란 이런 사람들을 두고 한 말인 듯싶었다. 그런데 건강한 줄만 알았던 그 분도 내가 귀국한 다 다음 해(1980년)에 세상을 하직했다. 사실 여부는 확인할 길 없으나 이미 상당 기간 전부터 자신이 얼마 못 산다는 것을 알고 있었기에 부인을 편하게 보내주기 위해서 일부러 이혼의 귀착사유가 될 일만 것을 찾아 했던 것이라는 소문을 전해 들었다.

이처럼 몸 사리지 않고 오로지 학문 연구에만 전념하는 학자를 주위에서 쉽사리 찾아보기는 어려울 것이다. 그러나 정도의 차이는 있겠으나 이에 비견할만한 사례들을 한국에서도 발견한 적이 있다. 우연한 기회에 선배 임모 교수에게 나의 두 분 미국인 은사에 관한 일화를 전해준 적이 있었는데, 그 말을 듣던 선배는 미국 미시간대학에 있는 자기 동생이 생각난다 했다. 결혼도 하지 않고 오로지 연구실에만 파묻혀 살고 있어 집안의 화근거리라 했다. 식사는 외식으로 해결할 수 있었지만 빨래하는 것은 어찌할 도리가 없어 주야장천 청바지와 티셔츠만 입고 다녔고 속옷은 매주 일주일 치씩 사서 입다가 버렸다는 것이다. 너무 자주 속옷을 사러 가니 단골가게 주인아주머니가 한 번은 예쁜 봉투를 전해주었다나. 이 아주머니가 자신이 미혼인지 알고 관심을 보이는가 싶어 조심스레 뜯어보니, "귀하가 구입한 상품들은 다시 쓸 수 있는 것입니다"라는 메모가 들어 있어 실소한 적이 있다고 했다.

2009~2010년 기간 중, 한국에서 호암학술상 다음으로 상금 규모가 큰 경암학술상의 심사위원직을 맡은 적이 있다. 그런데 이 상의 시상식에는 특별한 전통이 있었다. 학문에 매진하는 학자들의 공통적 특징 중 하나가 가정에 소홀할 수밖에 없다는 인식 차원에서 배우자들을 함께 초청하여 수상소감을 묻는 것이었다.

2010년 공학부문 수상자 L교수의 부인에 따르면, 남편이 허구한 날 연구실에서 숙식을 하다 보니 집에는 한 달에 한두 번 들를 정도이고, 그것도 반찬이 떨어지거나 빨래거리가 밀려 있을 때뿐이라는 말을 전했다. 언젠가 한 번은 이사를 하게 되었는데, 남편과 상의할 기회도 없었고 상의해 보았자 하등 도움이 안 될 것이 뻔해서 부인 혼자서 이사를 마친 적이 있다고 했다. 문제는 남편이 이사한 사실을 모르고 먼저 살던 집을 찾아갔다나. 마누라가 도망이라도 했나 싶어 몹시 당황한 나머지 전화를 걸어 횡설수설했다는 일화 소개에 좌중이 한바탕 웃은 적이 있었다. 연구에 몰입하고 있는 학자의 진면목을 대변해 준 일화라는 생각이 들었다.

물론 무릇 학자란 반드시 그래야만 하는가, 라는 의문이 제기될 수 있다. 학자들이 모두 앞서 소개한 사람들처럼 목숨까지 담보해 가며 연구에만 전념할 수는 없을 것이다. 더구나 가정생활도 잘 유지하면서 큰 업적을 내는 사람을 주위에서 자주 찾아볼 수 있지 않은가? 반면 열심히 연구는 하는 데 이렇다 할 성과를 거두지 못하는 사람도 많다. 그런데 이런 사람들 중에도 정말 소중한 연구를 하는 사람도 있다는 사실을 차제에 지적해 두고 싶다. 심지어 크게 주목받지 못할 주제에 대한 연구에 몰두하는 사람들에게도 애정 어린 관심을 보여줄 필요가 있다는 차원에서다. 어떤 유형이건 간에 무릇 대학이란 자신이 하고 싶은 학문연구에 진력할 수 있는 학자들이 많이 있어야 할 곳임에 틀림이 없다.

이미 정년을 맞은 지도 십년 이상이 경과된 시점에서 과연 나는 이중 어떤 부류에 속하는 학자였을까 반문해 본다. 후학들이나 제자들로부터 가끔 들었던 민망한 찬사가 아니더라도, 스스로의 연구생활에 나름대로 자부심을 갖고 살아왔는데 과연 학계에 기여한 결정적인 성과는 무엇인가 물으면 짐짓 망설여진다. 단지 내가 곁에서 지켜 본 학자들의 삶이 나를 세속에 빠지지 않도록 붙들어 준 덕분에 주어진 환경 하에서나마 최선을 다하려고 노력했다는 말 정도로 답변할 수밖에 없어 허허롭다.

— 『스승의 초상: 대표에세이 마흔 번째 이야기』(2023. 9. 25)

나의 화두, 인적 자본

경제학이 무엇을 하는 학문인지도 몰랐다. 단지 1960년대 세칭 일류 고등학교의 주요대학 인기학과 합격자 수 경쟁이란 어처구니없는 시류에 휘말려 경제학과에 입학했을 뿐이었다. 적성이나 취향과 무관하게 전공학과를 선택해서였는지 입학 후 좀처럼 학업에 흥미를 가질 수 없었다. 더구나 경제이론 자체가 너무 어려워 한 동안 자괴감에 빠져 방황하고 있었다.

그러던 중 우연히 슐츠(Theodore W. Schultz) 교수의 1960년도 미국 경제학회 회장 취임사를 접하게 되었다. "인적(또는 인간) 자본에 대한 투자(The Investment in Human Capital)"라는 제목의 글이었다. '처음에는 아니 인간을 자본 따위 유형의 개념으로 파악하다니' 하는 반발감이 잠시나마 들었다. 그러나 곧 그가 '인적 자본'이라는 용어를 통해 정립하고자 했던 경제 성장의 핵심 논리를 한 줄 한 줄 깨우쳐 나가는 동안 통하고 뒤통수를 얻어맞은 듯한 충격을 받았다.

당시 충격과 감동 때문이었을까? 결국 나는 인적 자본이란 화두를 품에 안고 미국 유학길에 오르게 되었다. 우스갯소리 같지만 나의 유학 생활은 첫 학기부터 본의 아닌 작은 소란으로 시작되었다. 국제경제학 담당 교수가 국제비교우위론을 설명하는 과정에서, 한국은 노동의 생산성이 낮아 임금수준이 낮을 수밖에 없지만 이러한 저임노동력을 집약적으로 활용함으로써 국제 경쟁력을 가질 수 있다고 하였다. 나는 즉각 반발하였다.

한국 노동자들의 임금 수준이 낮은 것은 사실이지만 이는 노동생산성 때문이라기보다는 주로 노동의 자본장비율(노동자가 활용할 수 있는 장비의 수준)이 낮은 데 기인하는 것일 뿐이라 했다. 일에 대한 열정과 헌신성 측면을 감안할 때, 낮은 임금 수준만을 근거로 한국 노동자의 생산력이 떨어진다고 보아서는 곤란하다 항변도 했다. 문제는 중간시험에 비교우위론이 출제되었다는 점이다. 약간의 망설임 끝에 나는 평소의 소신대로 답안을 썼다. 예상한 대로 성적이 매우 나빴고 결국 나는 그 과목의 수강을 중도에 철회하고 말았다.

아마도 당시 내 머릿속에는 절대 빈곤으로부터의 탈출과 가정의 생존을 위해 헌신하였던 지칠 줄 모르는 정신력으로 무장한 한국의 노동자들, 그리고 횃불로 어둠을 밝혀가며 고속도로 건설에 젊음을 불살랐던 건설노동자들의 땀방울이 폄훼되었다는 생각이 강하게 자리 잡고 있었던 것 같다. 혹자는 이를 두고 나의 한국인에 대한 주관적 자긍심에 연유하는 감성적 주장이라고 비판할 수도 있다. 그러나 '아는 것이 힘'이라는 표제를 내걸고 자녀 교육에 헌신적이었던 한국인 불굴의 의지는 바로 슐츠가 말한 인적 자본에 대한 투자의 중요성이 이미 1950년대부터 한국에서 강하게 자리 잡고 있었다는 사실에서 입증될 수 있다고 나는 믿었던 것이다.

　막상 인적 자본 문제와 관련도가 가장 높은 노동경제학 분야의 본격적인 연구를 위해 그 분야에 명성이 높았던 대학으로 자리를 옮기게 된 것은 박사학위 과정을 밟게 되면서였다. 그러나 불행하게도 내가 도착하기도 전에 한 분은 돌아가시고 또 한 분은 은퇴하게 되었으며, 남아 있던 중견 교수마저 다른 대학으로 떠나버린 사실에 직면해야 했다. 결국 노동경제학을 전공하려던 당초의 꿈을 접을 수밖에 없었다.

　이처럼 노동경제학 연구라는 원래 계획에 차질이 빚어지면서 결국 나는 귀국 후 한국경제론에 관한 강의 및 연구에 몰두하게 되었다. 그러나 한국경제의 발전 과정에 관한 평가와 미래 방향을 모색하는 과정에서 나는 한결같이 인적 자본 중심의 경제 발전이란 화두를 집요하게 고수해 나갔다.

　전통적인 경제이론에 따르면 경제성장은 생산 요소(자본과 노동)의 추가 투입, 기술 진보, 그리고 제반 제도 및 여건의 개선을 통해 이루어 질 수 있다고 한다. 그리고 그중에서도 가장 용이하고 중요한 성장 요인은 자본이란 생산요소를 생산에 추가 투입하는 일이라 가르쳐 왔다. 이러한 논리는 적어도 20세기 전반에 걸쳐 경제개발 내지 발전의 핵심 전략으로 활용되었고, 일부 개도국들이 이 원칙에 준거하여 경제 성장에 성공하기도 했다. 그러나 대다수의 개도국들에서는 이러한 전략이 그다지 성공적이지 못했다. 바로 이러한 상황에서 자본 외의 성장요인을 모색하게 되었고, 그 과정에서 슐츠 교수에 의해 노동의 질적 향상을 통한 성장이라는 인적 자본론이 등장하게 된 것으로 이해할 필요가 있다.

그가 정의한 인적 자본이란 단순한 노동자 수보다는 교육 및 훈련 그리고 노동 환경의 개선 등을 통해 축적할 수 있는 질적 노동력을 대변하는 개념이라 할 수 있다. 이는 토지 및 천연자원, 그리고 기계 등을 총괄적으로 대변하는 개념으로서의 물적 자본(物的資本, physical capital)과 대비되는 개념이다. 이런 차원에서 볼 때 결국 인적 자본이란 인간의 지식수준은 물론, 기술, 경험, 창의성 및 능력까지를 아우르는, 노동력의 질적 수준과 생산성을 대변하는 개념으로 이해할 수도 있다.

한편 인적 자본은 물적 자본과는 달리 눈에 보이지도 않고 쉽사리 파괴되지 않기 때문에 그에 대한 투자 성과가 오랜 기간 동안 향유될 수 있다는 특성이 있다. 아울러 제4차 산업 혁명기를 선도할 기술 또한 본질적으로는 인적 자본에 대한 투자와 연관하여 축적될 수 있는 것으로 이해할 수 있을 것이다. 뿐만 아니라 인적 자본 중심의 성장 방식과 관련하여 무엇보다 강조하고 싶은 시사점은, 경제 성장의 성과배분이 물적 자본 소유자 중심에서 인적 자본가 중심으로 점차 개편되어 가면서 사회적 형평이 개선되는 결과가 초래될 수 있다는 사실에 있다.

바로 이러한 인식의 연장선상에서 나는 지금까지의 한국경제의 공과를 평가하고 진취적인 미래상을 구축하기 위한 논리를 정립하는 데 평생 연구를 바친 셈이다. 그 과정에서 바로 인적 자본에 대한 투자야말로 한국경제가 여타 개도국에 비해 발군의 경제성장을 이룩할 수 있었던 가장 큰 요인 중 하나라는 사실을 실증분석을 통해 입증하기도 했다. 이러한 연구 결과에 근거하여 나는 한국 경제의 특징을 인적 자본 중심의 경제로 규정하고, 궁극적으로는 인본주의 고양 노력과 맞닿을 수 있는 논리로 외연을 확장시켜 나가려는 노력을 지금까지 추구하고 있다.

돌이켜보면 나의 평생 연구 노력과 성과는 바로 인적 자본이라는 개념을 창출함과 동시에 그에 대한 투자의 중요성을 일깨워 준 슐츠 교수의 취임사에 힘입은 바 크다는 생각을 지울 수 없다. 대학생 시절 마주했던 충격적 어휘, '인적 자본'이 혼란 속에 방황하던 나에게 경제학도로 추구해야 할 비전을 제시해 주는 촉매제가 되었을 뿐 아니라 경제학 연구에 열정을 갖게 해준 파격적 용어가 될 줄은 당시에는 상상조차 하지 못했다. ─2024년 2월

늦깎이 문학도

정년퇴임 시 나는 우스갯소리 삼아 정년퇴임을 영어로 'retire'라 하는데 이는 '타이어(tire)'를 갈아 끼우라(re-)는 것과 같다고 했다. 그리고 타이어까지 갈았으니 이제는 새로운 길을 더 빠르고 힘차게 달릴 것이라 했다. 우연치 않게 '신영(新榮)' 건설이 건축한 '시그마(Σ) 2' 오피스텔에 자리 잡았다. 마치 인생을 '총정리'하기 위해 '새로운 불꽃'을 피우라는 계시인가 싶었다. 그래서 평생 해온 일은 말끔히 잊고, 개똥철학이나 종교적 환상 따위도 버리고, 그 동안 하고 싶었으나 할 여유가 없었던 일을 찾아나가라 했던 한 선배의 충고를 귀담아 듣지 않았다.

이런 결기 어린 작심이 착각이고 오만이었음을 깨닫는 데 오래 걸리지 않았다. 결과적으로 내가 안식을 찾은 일은 평생 내가 정진해온 경제학 연구와는 거리가 먼 작곡과 글쓰기로 귀착되었기 때문이다. 차후 여생을 어떻게 보내는 것이 나에게 가장 의미 있고 즐거운 일인지를 스스로 터득하고 선택한 결과였다.

어렸을 적 피아노를 배우거나 음악공부를 하고 싶은 꿈이 있었다. 가정형편 상 언감 생신 불가능한 일이었기에 집안 어른들로 부터 꾸중만 들었다. 열심히 공부해서 고생하는 홀어머니에게 효도할 생각은 안하고 허황된 꿈만 꾼다면서 밥 빌어먹기 십상인 음악을 한다는 것이 가당키나 하느냐는 것이었다. 결국 음악가의 꿈을 버리고 말았다. 음악을 배워 음악교사가 되고 미술 잘하는 여선생을 만나 결혼하고 싶다는 소박한 어릴 적 꿈은 이렇듯 산 산조각이 나고 말았다.

잊혔던 음악에 대한 관심을 다시 가지게 된 것은 정년을 맞게 되면서부터였다. 그러나 악기 연주보다는 작곡에 관심을 두게 되었다. 문제는 정식으로 작곡을 배울 기회 찾기가 쉽지 않았고 제대로 지도할 사람을 만나기 어려웠다는 점이다. 결국 서점에 나가 이해하기 상대적으로 쉬운 교재들을 사들여 무작정 읽어 나가며 맨땅에 헤딩하듯 도전해 갔다. 그러던 중 지인의 소개로 젊은 작곡가 K를 소개받아 개인 레슨까지 받게 되었다. 이 작곡가 도움으로 나는 첫 번째 자작곡 앨범을 낼 수 있었다.

내가 작곡한 곡들은 우리가 공감할 수 있는 인간의 본질적인 희로애락을 자연스럽게 노래로 표현한 것이었다. 따라서 주제는 어머니, 손자, 친구, 고향, 삼팔선, 부부, 인생의 사계(소년기, 청년기, 장년기와 노년기) 등이었다. 그리고 언젠가는 슈베르트의 마왕과 같은 곡을 하나, 바라기로는 슈베르트의 '겨울 나그네'와 같은 연가곡을 작곡할 수 있으면 하는 소원을 갖게 되었다.

이즈음에 나는 좋은 노래 작곡은 좋은 가사가 있어야 가능하다는 진리를 터득하게 되었다. 그래서 결국 자신이 가장 경원해 왔던 문학 공부가 필요하다는 생각에 이르렀다. 내친 김에 인근에서 개설된 문학 강좌에 무작정 참여하여 시와 수필 그리고 소설 쓰기 강좌에 등록을 했다. 정년한 지 5년여가 지난 2016년 4월의 일이다.

"오늘 이 강좌를 듣기 위해 아침에 일어나서부터 이곳에 오기까지 들은 것, 본 것 그리고 생각한 것 열 개씩을 각 문항 당 10개 이상을 1분 내에 써보세요."

성남아트센터 산하기관인 책 테마파크(성남시 율동공원 내에 있음)가 2016년 개설한 문학 강좌에서 시 강의를 담당한 H선생이 첫 강좌에서 던진 질문이었다. 전혀 예상치 못한 일이기도 했지만, 쳇바퀴처럼 도는 세상살이에 바빴던 나로서는 쉽게 답을 써내기가 어려웠다. 더구나 초행길이었고 주차하느라 15분 정도 허둥대다 걸어 들어갔던 터라 쌀쌀한 기운이 채 가시지 않은 봄날이었는데도 몸은 땀에 흥건히 젖어 있었다.

"여러분들 이곳에 오는 교통편이 불편하여 많은 시간이 걸렸죠? 나도 그랬습니다. 묻지 않아도 오늘도 제 질문에 만족할 만한 답을 쓴 분은 거의 없을 것입니다. 이곳에 시간 맞춰 오느라고 마음도 쓰였고 짜증도 나다 못해 한 시간짜리 강의 한 번 들으려고 이렇게 귀중한 시간을 소비해야 되나 싶은 의문도 들었을 거구요. 그런데 사실 이 강의가 아니더라도 여러분들은 항상 교통체증과 바쁜 일정 때문에 무심하고 무감각하게 세월을 흘려보낸 것은 아닌지요? 정작 자신의 주위에 무엇이 있는지 보지도 듣지도 그리고 생각도 하지 않은 채 말입니다. 시는 무덤덤하고 감성과 생각이 메마른 여러분의 생활 방식부터 바꾸지 않으면 제대로 공부할 수 없는 분야입니다."

무엇인가에 한 대 크게 얻어맞은 듯한 기분이 들었다. 수업 후 집으로 돌아오면서부터 주위에 귀를 기울이고 눈도 크게 뜨고 여기저기 살펴보게 되었다. 이렇듯 평생 무심히 지나쳐버렸던 자연 현상을 관찰하는 과정에서 나는 심지어 자신과 가장 가까이에 있는 사람들에게 과연 얼마나 관심과 애정을 보여왔는지에 생각이 미치게 되었다. 주변에 대한 관심과 자신에 대한 성찰을 비롯한 이러한 인식의 전환이 있어야 좋은 시를 쓸 수 있다는 H선생의 메시지가 비로소 피부에 와 닿았다.

문학 수업은 언제 잡힐지 모르는 물고기만 기다리며 시간을 낚는 낚시보다는 훨씬 유익한 것 같다는 정도로 인식했던 나였다. 그랬던 내가 한 학기가 채 끝나기도 전에 그토록 소원하게 대해왔던 시와 수필에 관심을 갖게 됨으로써 새로운 지혜를 터득하게 된 것은 실로 기적 같은 변화였다. 애당초 나는 시 공부 자체보다는 작곡활동에 필수적인 작사에 도움이 될 것이라는 정도의 생각에서 그 강의를 듣게 되었기 때문에 더욱 그러했다. 이후 8년 가까이 문학 강좌를 수강해 오는 과정에서 두 차례에 걸쳐 분에 넘치는 문학상까지 수상하는 영광을 누리며 늦깎이 문학도로서 새

로운 일상을 수놓아 가고 있다. ─ 2022년 3월

AI시대와 문학

　디지털 AI시대의 도래와 더불어 4차 산업혁명이 급물살을 타고 있다. 더구나 챗GPT 등장에 따른 정보 활용 방식은 인류 문명에 큰 위협으로 인식되기까지 하고 있다. 이러한 시기에 코로나19 라는 '팬데믹' 현상으로 인해 비대면 활동이 일상화되면서 각종 회의나 수업은 물론 저작물 발간까지 서면이나 종이책 형식보다는 전자 자료나 전자책 형태로 제공되는 경우가 급증하게 되었다. 심지어 2025년부터 초등학교 모든 교과서가 종이책에서 전자책으로 전환된다고 한다. 혹자는 이 같은 추세가 결국 종이책 시대의 종말을 고할 것이라 예단하고 있다.

　적어도 전자책은 보관과 처분, 그리고 검색이나 편집이 용이하다는 점에서 새로운 시대의 주도적인 출판 형태가 될 것이란 주장은 설득력이 있어 보인다. 그렇다고 문인들이 이러한 추세를 그대로 수용하고 순응해 나가는 것만이 능사일까? 개인적으로는 문학이야말로 종이책 시대의 종언을 저지할 수 있는 대표 주자라 믿는다. 문학이 갖는 특이한 정체성 때문이다.

20여 년 전 연구년을 맞아 미국에 체류하던 중 우연한 기회에 C대학으로부터 한국학 관련 자료들을 보관할 가치가 있는 것과 그렇지 못한 것으로 분류해 달라는 부탁을 받은 적이 있다. 나는 혹 묻혀 있던 귀중한 자료라도 찾아낼 수 있지 않을까 싶어 작업이 끝난 후 내가 원하는 10권의 책을 가져갈 수 있게 해달라는 조건으로 수락했다.

　불행하게도 분류작업이 진행될수록 나의 장밋빛 기대는 점차 실망으로 바뀌어갔다. 버려야할 자료만 산더미처럼 쌓여갈 뿐 보존할 가치가 있는 책들은 좀처럼 늘어나지 않았기 때문이다. 그리고 그 일이 거의 끝나갈 무렵 충격적인 사실에 직면하게 되었다. 나의 전공분야인 경제학 관련 도서는 99%가 버려야 할 책으로 분류되고 있었던 것이다. 사회과학분야 저작물이 갖는 시간적 한계성을 이토록 처절하게 통감한 적은 없었다. 언젠가는 내가 평생 심혈을 기울여 저술한 책들도 이처럼 비참하게 휴지조각이 되어버릴 수 있다는 생각에 온몸의 힘이 빠졌다. 결국 내가 이토록 시간적 제약이 큰 학문에 평생을 바쳐왔는가 라는 자조 섞인 회한이 엄습해 왔기 때문이다.

　실제로도 그로부터 10여 년 후 이러한 우려가 현실로 나타나는 사건이 발생해 몹시 당황했던 기억이 있다. 정년을 앞두고 평생 수집해 왔던 소중한 전공도서들을 정리하는 과정에서 중고서적 수집가를 불렀다. 그는 나의 서가를 일별해 보고난 후 실망스런 눈빛을 하더니, 문학서적은 몰라도 전문서적은 한낱 쓰레기일 뿐이라며 저울로 무게를 달아 값을 쳐주겠다고 하여 황당했다. 당시 시중 서점에서 상당한 값을 치러야 구입 가능한 책도 다수 포함되어 있었는데 말이다

한편 내가 보관가치가 큰 것으로 분류한 고서들을 일별해 보니 대부분 역사, 철학 관련 서적, 그리고 문학작품이었다. 학문을 하려면 '문·사·철(문학, 사학, 철학)'을 하라 했던 선배들의 충고가 새삼스레 되살아났다. 당시의 체험에서 나는 문학이야말로 시간적 한계를 벗어나는 힘을 가지고 있는 영역 중 하나라는 사실을 실감했다. 고백하자면 퇴임 후 느지막이 문학을 공부하게 된 것도 그때의 충격적 경험이 발판이 되었다고 믿는다.

문학에 관심을 가지게 되면서 여러 가지 크고 작은 변화가 나타났다. 특히 그때까지 무심히 지나치곤 했던 자연현상 그리고 자신과 가까이에 있는 사람들에 대한 관심과 자신에 대한 성찰의 필요성을 깨닫게 되었다. 자연과 인간에 대해 관심과 애정을 갖는 일이 체질화 되었던 것이다. 그러는 과정에서 마음의 여유는 물론 스스로의 정서적 성숙을 체험하게 되었고 늦게나마 문학이 인간에게 베푸는 윤택한 일상과 즐거움을 만끽할 수 있었다. 아울러 이것이 바로 문학의 본질적 힘이라 믿게 되었고 전자책 시대에서도 불굴의 인문학적 감성을 통해 인성을 고양시킬 수 있는 대표적인 분야로 자리 잡고 있다는 확신이 들었다.

모름지기 문학이란 이성을 초월하는 창조적 영역으로, 독창성

이 생명이며 따라서 표준화할 수 없는 분야이다. 따라서 차후 AI가 쓴 문학작품이 횡행한다 해도 그것은 본질적으로 과거 자료에 의거 편집된 내용의 성격을 띨 것이어서, 작가 개개인의 특성과 창조적 발상을 반영하는 진정한 의미에서의 문학작품과는 거리가 있을 것이다. 단언컨대 종이책 비중이 점차 감소하고 인성이 황폐화되기 쉬운 디지털 시대가 대세를 이룰수록 소명의식을 가지고 현대문명에 대응하여 인간 본연의 문화를 지켜나갈 수 있는 선두주자 중 하나는 문인들이 될 것이라 굳게 믿는다. 차제에 과연 다산의 '하피첩'(노을 하霞 · 치마 피帔, 노을빛 붉은 치마에 쓴 편지) 같은 창작 유형을 대체할 전자책이 가능할지 삼가 반문해 보고 싶다. ― 한국문인협회 수필분과 『종소리 나는 종이책을』(2024. 4. 26)

외국인 가사 근로자

　최근 저출산 문제가 심각해지면서 다양한 대안이 제시되고 있다. 자녀 양육의 어려움이 주원인 중 하나라고 본 정부는 출산율 제고 방안의 하나로 홍콩, 대만 그리고 싱가포르 등에서 실시 중인 외국인 가사 근로자 제도를 도입하고 조만간 시행하기로 했다.

　싱가포르 경우 맞벌이 가정을 지원하기 위해 1978년 이후 외국인 가사근로자 제도를 도입하여 운영해 왔는데, 여성의 노동참가율이 1970년대 15% 수준에서 현재는 60%를 상회하는 수준으로 급상승하는 성과를 가져왔다. 현재 이들 외국인 가사근로자는 약 24만 명에 달하고 있는데 이는 싱가포르 전체 인구의 4.2%를 차지하는 정도에 해당하는 것으로, 거의 대부분의 맞벌이 가정에서 이들을 고용하고 있는 것으로 이해할 수 있다. 그러나 이 제도의 운영으로 합계출산율이 개선되지는 못하였다는, 따라서 저출산 문제의 해소 효과는 별무했다는 사실에 일단 주목할 필요가 있다.

　싱가포르는 이 제도를 40년간 유지해 왔는데, 2년마다 재계약을 허용하되 최대 4년에 한해 체류를 허용하는 단기적 고용 및 체류허가방식을 채택하고 있다. 외국인 가사 근로자의 영주를 근본적으로 허용하지 않겠다는 의지의 표현이다. 국민의 이질적 구성이 고착되는 것을 원하지 않은 것으로 이해할 수도 있다. 아니 그보다는, 여성경제활동률의 확대가 주 목표였기에 그런 원칙을 고수해 온 것으로 보아야 할 것 같다. 따라서 이 제도를 단순히 벤치마킹하는 것만으로는 출산율 내지 인구증가율 증대라는 정책 목표에 부응하는 결과를 기대하기는 어려울 것이란 생각이 든다.

한편 한국이 계획하고 있는 제도의 성공적 도입을 위해서는 무엇보다도 우선적으로 외국인 가사근로자의 인권보호, 의사소통 원활화를 위한 사전 언어 및 문화 교육, 의료보험 및 주거 문제, 그리고 불법 체류문제 등에 관한 많은 제도를 사전에 면밀하게 검토해 둘 필요가 있다. 단 도입 초기부터 장기체류 허가여부에 대한 원칙이 먼저 마련되어야 나머지 관련 사항도 일목요연하게 정비될 수 있으리라 믿는다. 어떤 경우를 막론하고 그들의 인권 보호 장치를 마련하는 일은 최우선적으로 고려되어야 할 것이다.

이 제도의 도입 계획이 공론화되면서 두 가지 생각이 떠올랐다. 첫 번째는 내가 오랫동안 잊고 살았던 두 여성에 대한 추억이다. 6·25전쟁 중 아버지를 잃고 고립무원에 빠져 있던 우리 식구는 천만다행으로 어머니가 방직공장 여공으로 일하게 되면서 위기를 극복할 수 있었다. 첫 달 월급으로 보리쌀 한 말을 구입했을 때 감격해 하던 어머니 모습이 지금도 선하다. 불행하게도 어머니가 공장에 그리고 우리 남매는 학교에 나가 있는 동안 보리쌀은 자취를 감추고 말았다. 이 소식을 접한 외숙부가 우리 집에 입주 가사도우미(그 당시에는 식모라 불렀음)를 알선해 주었다. 1년간 머무르면 D방직공장에 취직시켜준다는 조건으로였다. 언감생심 우리 형편에 가사도우미는 가당치도 않은 일이었는데 말이다.

이렇게 해서 우리 집과 연을 맺은 여성이 두 명 있었다. T와 S 누나다. T는 매우 적극적이다 못해 저돌적인 성격을 가진 여성이었다. 주객이 전도되어 내게 자주 심부름을 시키기까지 했다. 무료할 때면 내게 씨름을 강요하기도 했는데 나로서는 감당하기 어려울 정도로 힘이 센 여성이기도 했다. 다 쓰러져가는 오두막에서 할 일도 별로 없다보니 그녀는 자주 외출하곤 했는데 특히 교회 일에 적극적이었다. 몇 달이 안 되어 그녀는 교회 전도사와 눈이 맞아 새살림을 차렸고 우리는 다른 가사도우미를 구해야 했다.

그렇게 해서 새로 찾은 여성은 수줍음을 몹시 타는 내성적인 성격의 소유자로 이름은 S라 했다. 어머니의 말에는 두 손을 모아 답하곤 했으며 눈도 마주치기 어려워하였는데 내게는 한없이 착한 천사처럼 보였던 여성이었다. 더구나 그녀는 서산군 운산면이 고향이라 했는데, 내 고향이 (황해도) 벽성군 운산면이어서 처음부터 왠지 모르게 호감이 갔다. 조부모가 천주교도로 조선 말엽 처형된 후 집안이 풍비박산되었다고 했다. 지금도 해미읍성이나 개심사 근처를 지날 때면 그녀 생각이 불쑥불쑥 나곤 한다. 일 년의 의무연한을 지켰기 때문에 그녀에게 방직 공장 취업 기회가 주어졌지만 착한 심성이 동네에 퍼졌던지라 좋은 혼처가 나타나 새 가정을 꾸려서 나갔다.

중학교 시절부터 나는 입주 가정교사로 학비 마련에 나섰다. 남의 집에서 숨죽이며 지내는 세월을 나름대로 겪으면서 S누나 생각을 많이 했다. 밤늦게 다들 잠들 무렵에야 속옷을 빨고 소리 죽여 가며 목욕을 하던 S누나가 얼마나 불편했을지 짐작하기 어렵지 않았다. 무엇보다 모두가 같은 방에서 잠을 자야 했으니 지금으로서는 상상조차 안 되는 인고의 시간이었으리라. 그런 기억 때문이기도 하겠지만 외국인 가정부 제도가 도입될 경우 무엇보다도 주거문제가 최우선적으로 해결되기를 바라는 마음 간절하다. 더구나 입주 형식의 고용이 허용될 경우 이들의 인권이 보장될 수 있는 최상의 대비책을 마련해야 한다는 생각이 제일 먼저 든다.

외국인 가사근로자 제도 도입에 즈음하여 내게 떠오른 또 다른 단상이 있다. 이 제도가 유의미하게 정착되기 위해서는 어떤 관점에서 접근하는 것이 바람직한가에 대한 고민이다. 외국인 가사근로자 제도의 도입에 앞서 싱가포르에서처럼 단기체류만을 허용할 것인지 아니면 궁극적으로는 국내 장기체류 허용을 염두에 둘 것인지 여부에 관한 원칙이 최우선적으로 결정될 필요가 있기 때문이다.

장기체류 허용은 결국 외국인의 한국인화의 길을 터놓는 것이어서 심사숙고해야 할 문제이기도 하다. 과연 단일민족 사상이 매우 강한 한국사회가 이를 수용할 자세가 되어 있는지, 또 외국인 가정부까지 끌어들여 인구감소 문제에 대처하는 것이 국가 발전에 바람직할 것인지를 심각하게 고민해 볼 필요가 있을 것이다. 물론 이 문제는 기우일 수도 있다. 외국인 가사 근로자가 귀화를 원치 않을 경우도 많을 것이며 그들이 원한다 할지라도 국내 체류 허용 총원을 일정 한도 내로 제한할 경우 일각의 이러한 우려를 잠재울 수 있을 것이라 보이기 때문이다.

반면 어떤 이유에서든 장기체류 허용이란 원칙을 채택한다면 무엇보다도 처음 단계에서부터 단순한 인권보호 차원을 넘는 차별금지 원칙을 견지해야 할 것이다. 동일노동 동일임금을 원칙으로 하되 국민 동질성이 저해되지 않는 수준에서 가급적이면 고학력자 위주로 하고 내국인이나 중국 교포와의 자연스런 차별 수준(의사소통 능력 및 문화적 동질성) 이상의 임금 차별은 금지할 필요가 있을 것이다.

아울러 만일 이 제도를 단순히 여성경제활동률 제고 차원을 넘어 인구증가율 증대까지를 목표로 도입할 경우에는, 일정 요건이 충족될 경우 당연히 영주할 수 있는 길을 터주는 일에 망설임이 있어선 안 될 것이다. 오히려 적극적인 차원에서 이들이 우리 사회의 자랑스러운 구성원이 될 수 있는 교육 및 연수 등의 제도를 병행해 나가는 데 소홀함이 없어야 할 것이다. 우리가 파견한 광부와 간호사에 대한 독일 정부의 정책은 반면교사가 될 것이다.

1963년 4월부터 시작해 1977년까지 계속된 파독 광부 및 간호사의 경우 3년 단위를 기준으로 당시 한국 내 직장인 월급의 약 8배 정도의 월급을 보장받고 송출되었다. 그런데 이들 대다수는 독일이 요구했던 것보다 훨씬 높은 학력 인력들이었고, 그 결과 이들 파독 근로자 중 60%는 해외에 정착하여 새로운 삶을 찾았다. 독일로 떠난 간호 인력 중 독일에서 대학을 졸업하고 외교관, 의사 등의 직업을 얻은 사람이 많았던 사실에 주목할 필요가 있다. 차제에 외국인 가사 도우미 제도가 한 마리 토끼를 잡는 데 그치지 않고 두 마리, 세 마리 토끼를 한꺼번에 잡을 수도 있기를 기대해 본다. ─ 2023년 12월

아내의 정년퇴임

전철 안에서 떨어뜨린 장갑을 보고 누군가 뒤에서 "아가씨, 장갑 떨어졌어요."라고 하는 말에 순간 감격하였으나 뒤도 안 돌아보고 그냥 고맙다고만 인사했다며, 흥분된 어조로 즐거움을 털어놓던 아내였다. 나이가 탄로날까 봐 뒤돌아보기 두려웠다나.

전철에서 내리자마자 아가씨라도 된 듯 흥겨운 발걸음을 재촉해 막 관악산을 오르기 시작했을 때였다. 땀을 뻘뻘 흘리며 열심히 걷고 있던 사내아이가 하도 대견해 보이기에 "너 참, 씩씩한 대장 같구나."라고 칭찬했는데 그 아이가 신이 난 나머지 자기 엄마에게 "엄마, 엄마, 저 할머니가 나보고 대장 같다며 막 칭찬했어."라고 하는 소리를 듣고는 그만 온 몸의 맥이 탁 풀리고 말았다며 푸념하던 아내. 하루에 천당과 지옥을 모두 갔다 온 듯했단다.

나보다는 훨씬 젊어 보인다고 말하는 사람들에게 나는 곧잘 "내 세컨드예요."라고 우스갯소리를 했고 이런 멘트를 아주 즐겼던 그녀, 목소리가 맑고 앳되게 들려 한 번은 우리 집에 전화를 했던 동료 교수가 아내를 딸로 착각한 나머지 "아버지 계시면 좀

바꿔라."라고 반말을 했지만 이를 매우 즐겁게 받아들였던 그녀였다.

29세에 대학교수가 되어 37년간 H대에서 교편을 잡았던 아내. 그리고 그 오랜 세월 동안 결강 한 번 한 적이 없었던 그녀였다. 둘째 아이를 임신한 채, 치기 어린 남학생들 시선을 무시해 가며 강의에 전념했던 그녀, 그리고 학생들과 수학여행에서 덩치 큰 남학생들이 마치 자기 애인인 양 포즈를 취해 와도 마다하지 않았던 그녀이기도 했다.

모든 학교 업무에서 여자라는 이유로 자기 할 일을 방기한 적이 한 번도 없는, 그리고 H대학교 역사상 여자교수로서는 최초로 학장직에 오를 만큼 학교 일에 헌신적이었던 교수였다. 또한 젊어서는 나름대로 연구에 열심이지만 나이 들고 자녀들이 생기면 자기 계발이나 연구 또는 강의에 대한 열정이 남자교수들에 비해 급격히 떨어지기 쉬운 모습을 정년 때까지 한 번도 보이지 않았던 여자교수였다. 한때는 그녀의 해당 분야 논문 피인용 계수가 전국 2위에 오르기도 했다.

어떤 남자들보다도 동료 남자교수들과 더 강력한 유대감을 유지해 가며 먼저 정년을 맞은 선배 남자교수들이 70세까지는 출강할 수 있도록 조치를 취하는 것은 물론 그들이 강의 나오는 날에는 본인 강의가 없어도 일부러 학교에 나가 있다가 식사 대접까지 하던 의리의 여성이기도 했다.

영어 교육이 전공이지만 한국식 영어 발음이 불가피한데도 더구나 외국에서 자라나거나 교육을 받아 원어민에 가까운 영어를 구사하는 학생들이 점점 많아지는 여건 하에서도 대부분 강의를 원어로 진행할 용기를 가졌던 여성, 외국어 교육은 마치 애꾸눈이 장님 인도하는 것과 같다("The one-eyed leading the blind")는 신조를 가지고 있었기에 개의치 않았다 했다. 유학 중, 주말에 한국 학생들끼리 한국말로 실컷 떠들고 나면, 월요일에는 영어가 제대로 안 되곤 했는데, 어떻게 한국에서 평생을 영어로 강의할 생각을 했는지, 또 그러기 위해 어디서 어떤 노력을 기울였는지 나는 눈치조차 채지 못했으니, 실로 불가사의한 영어 교육자였다. 같은 분야 전공으로 K대학에서 교편을 잡고 있는 막내딸도 아내의 전철을 밟아 거의 모든 과목을 원어로 강의하고 있다. 모전 여전이다.

두 아이의 엄마, 홀 시어머니를 평생 모시고 살았던 며느리, 고집 센 남편과 동고동락할 수 있었던 슬기로운 여성, 그 여성이 정년을 맞았던 것이다. 학과 교수와 졸업생만으로 준비된 정년퇴임 기념식에는 감사하게도 거동이 매우 힘들어 휠체어를 타고 나온 선배 교수 L과, 이미 상당 기간 알츠하이머로 갖은 고초를 겪고 있는 J교수까지 참석해 주었다. 순수하게 참석한 졸업생까지 합쳐 100여 명에 가까운 하객이 마련한 조촐하지만 매우 의미 있고 따뜻한 환송연이었다.

아내는 학생들에게 자신이 주도하여 창립하고 운영해 왔던 H영어교육 연구회의 발전을 위해 자신의 호를 따 설립한 서경장학회를 통해 향후 10년간 학술장려금 형식의 후원금을 지급하겠다는 약속을 한 다음, 노사연의 '만남'을 노래하는 것으로 고별인사를 대신하였다. 그런데 그토록 강인하게 또 나름의 소신을 가지고 강단을 지켜온 아내의 모습은 왠지 그날은 당당하기보다는 가녀려 보이기만 했다. 노래 소리마저 잘 들리지 않았다. 마이크 성능이 나빠서일까 아니면 기력 탓일까? 어깨마저 다소 처져 보인다는 생각에 이르자 서글픔이 마음 한 가운데를 비집고 들어 왔다. 앞으로는 내가 아내가 편안히 기댈 수 있는 버팀목 역할을 해주리라 다짐해 보았다.

정년퇴임식 날까지도 쉽사리 연구실을 비우지 못하고 망설였던 그녀가 결국은 38년간에 걸쳐 동고동락했던 서적들을 싣고 돌아왔다. 전공 관련 책들은 가지고 와보았자 다시 볼 일이 거의 없을 터이니 남들에게 인계하거나 그도 아니면 그저 버리고 오라 했던 나의 권고는 여지없이 무시된 셈이다. 나름대로는 많은 책을 버리고 왔다고 구차스레 변명했으나 놓아버리지 못하고 함께 온 책들은 서가를 가득 메울 정도였다. 연구실을 떠나오기 전 버리고 올 것과 집으로 가지고 올 것을 분류하며 마음 바장이던 모습이 눈에 선했다. 자신의 일부가 되어준 반려서들을 쉽사리 떨쳐버릴 수는 없었으리라 짐작되었다. 수많은 소회와 고단함의 무게로 힘겨워 보이는 아내를 뒤에서 살포시 안아주었다.

티스푼 세트며 녹차 등 소소한 선물들도 조심스레 담아왔다. 앞으로는 받게 될 가능성이 없으니 이들 또한 역사의 일부로 즐거운 추억거리 삼아 소장하고 싶다는 심경을 조심스레 토로하면서.

어찌 보면 지극히 평범한 여성으로서 감당하기 힘겨웠을 삶의 여정을 성실하고 고집스레 매듭지어 온 그녀는 내게는 물론 가족

과 지인들에게도 진정 특별한 존재로 기억될 것이라 믿으며 그간
의 노고를 치하함과 동시에 이제부터는 둘이 함께 할 새로운 인
생을 최선을 다해 개척해 나가자고 다짐해 본다. ― 2022년 6월

기지배

'기지배'는 나의 죽마고우 L의 초등학교 시절 별명이다. 얼핏 듣기에 여성을 비하하는 듯한 용어로 들릴 수도 있는 말을 그것도 멀쩡한 남성 친구에게 붙여주었다는 생각이 들어 우리는 더 이상 그 별명을 부르지 않고 있지만 본인은 그것이 자신의 별명이었다는 것을 스스럼없이 말하곤 한다. 워낙 착한 심성의 소유자이지만 그보다는 그가 처한 역경에 대한 연민의 정으로 붙여진 이름이었으니 딱히 흠될 것은 없을 성싶다.

내가 L의 행동 중 쉽사리 이해할 수 없는 부분이 있었다. 하나는 어떤 상황에서도 때로는 무골호인처럼 또는 득도라도 한 선인처럼 항상 평온한 얼굴을 할 수 있다는 점이었다. 또 하나는 부친이 동네에서 소문난 목수였기에 그는 남들이 부러워할 만한 큰 양옥집에 살고는 있었지만 어떤 연유에서인지 세 명의 어머니가 한 집에서 산다는 점이었다.

L의 모친은 그의 아버지에게는 조강지처였다. 얼핏 보아도 곱고 착한 분이라는 것을 알 수 있는 외모였다. 일면 L이 어머니를 닮은 것 같다는 생각도 들었다. 둘째부인은 여우상을 한 영악한

여인이었다. 상황 파악이 빠르고 실리를 잘 챙기는 사람이었다. 불만이 있어도 자신이 먼저 나서는 적이 없었다. 한편 셋째는 매사에 물불 안 가릴 정도로 급하고 직설적인, 그리고 저돌적인 여성이었다. 그러다 보니 집안 내 갈등이 불거져나올 때마다 앞장서 시시비비를 따지고 들었다.

그런데 비록 어린 나이였지만 셋째부인과 관련하여 나로서는 도무지 납득하기 어려운 점이 있었다. 누가 보아도 예쁜 구석은 하나도 없는 데다 마주 쳐다보기가 섬뜩할 정도의 인상을 가진 여성이었기 때문이다. L의 아버지가 수많은 여자 중 하필이면 그런 사람과 함께 살게 되었는지 어린 시절의 나로선 결코 이해하기 쉽지 않았다.

L에게는 나이 차이가 많이 나 모르는 사람들이 삼촌으로 오해할 만한 연배의 형이 있었는데, 그 역시 온화한 품성의 소유자였다. 그래도 나이나 덩치 때문이었는지 둘째부인도 셋째부인도 그를 함부로 대하지 못했다. 그러다 보니 불만이 있을 때마다 만만한 L을 희생양 삼아 학대하곤 했다. 모친이나 형이 감싸고 돌 수가 없었던 것은 부친이 주로 첩들 입장을 두둔했기 때문이다. 결국 L은 비록 어린 나이였지만 누구도 자신을 보호해 줄 수 없다는 상황을 통감하고 살아남기 위한 방편을 스스로 찾아 나섰던 것 같다. 일단은 어떤 상황에서든 자신의 감정을 숨기고 겉으로만이라도 무지렁이 같은 모습을 보이는 지혜를 발휘했기 때문이다. 그는 이 모든 서러움을 오로지 학업에 열중하는 것으로 해소했다. 그 결과 변두리 초등학교 출신으로서는 매우 힘든 ○○중

학교에 진학할 수 있었다.

 L과 같은 학교에 다니게 되었지만 피란민촌에 살던 나로서는 집안의 경제력이나 성격 차이 등으로 L과 어울릴 기회는 많지 않았다. 그러던 중 그의 부친이 점차 나이가 들면서 목수일이 힘에 겨워졌는지 아니면 날로 심해지는 경쟁이 버거워서였는지 결국 목공일을 접게 되었다. 그리고는 그간 모은 재산으로 우리가 다니던 학교의 식당 운영권을 얻어냈다. 주로 우동을 팔았는데 형편이 어려운 학생들을 위해 집에서 싸온 도시락밥에 부어 먹을 수 있는 국물을 별도로 팔기도 했다. 식당일은 둘째와 셋째가 도맡아 했는데 점심시간마다 일손이 부족하면 L을 호출해 일을 시키곤 했다. 점심때마다 친구들에게 우동을 날라다 주는 일 자체가 감당하기 어려운 모멸감을 주는 일이었을 텐데 점심조차 굶기고 부려먹어 그는 항상 배를 곯는 것 같았다.

 한 번은 배가 너무 고팠던지 잠시 한가해진 틈을 이용하여 L이 친구들에 팔다 남은 우동 국물을 막 마시려고 하는 찰나였다. 셋째가 친구들이 보는 앞에서 L에게 따귀를 올려버렸다. 우동 국물과 그릇이 동시에 바닥에 떨어지는 소리에 식당 안의 많은 학생들이 사태를 목격하게 되었다. 흥부전에 나오는 놀부의 처를 연상케 하는 장면이었다.

 이런 상황 속에서 학교를 다니다 보니 학업에도 결손이 생겨 결국 고등학교 진학 시 일년을 재수하게 되었다. 재수 기간 중에도 계속 식당에서 일을 했다. 누구도 그가 겪은 혹독한 인고의 세월을 견뎌내기 힘들 것이란 생각이 들었다. 친구들은 그가 언젠가는 자신이 겪은 고난만큼은 아니더라도, 둘째와 셋째에게 어떤 형태로든 보복할 것이라 생각했다.

그러나 이런 친구들의 예상을 뒤엎고 그는 부친과 자신의 어머니를 여읜 후에도 그 원수 같던 둘째와 셋째에게 전과 같이 예의를 갖추어 대하였을 뿐 아니라 재정적인 지원까지 주저하지 않았다. 의아해진 친구들은 혹 원수를 은혜로 갚는 행위를 통해 처절하게 죄의식을 느끼도록 유도하려는 고도의 전략 아니냐고 짓궂게 묻기도 했다. 그러나 L은 단지 아버지가 함께 살았던 사람들에 대한 예의라고만 담담하게 답했다. 미루어보건대 그는 자신의 역경을 진실로 슬기롭게 극복해낸 것 같다는 생각이 들었다. 아니 그 과정에서 놀라운 정신적 성장을 이루어냈다고 보는 것이 타당할 것이라고 생각하기로 했다.

그가 이룩한 인격의 진면목은 그의 그다음 행보에서 더욱 확실히 드러났다. L은 둘째와 셋째까지 모두 떠나보낸 후에는 20년 이상 장모를 모시고 살았고 처제와 처남에게도 친형제나 다름없이 물심양면으로 도움을 베풀었던 것이다. 이러한 과정을 곁에서 지켜보며 기지배로 불렸던 나의 친구 L은 연민의 대상에서 점차 존경의 대상으로 자리매김하게 되었다. 그는 용서와 배려로 진정한 마음의 평화와 기쁨을 누릴 줄 아는 경지에 다다른 사람이라는 생각이 든다. — 2024년 6월

탄금대

시간 날 때마다 찾아보고 싶은 관광지 중 하나는 단양·충주지역이다. 수도권에서 멀지 않은 데다 풍광이 빼어날 뿐만 아니라 인근에 흥미로운 역사 유적지가 많이 있기 때문이다. 그중 하나가 탄금대다. 대문산(106.9m) 자락 밑, 달천이 남한강에 합류하는 합수머리 안쪽에 솟아 있는 구릉으로 신라 때 악성 우륵이 가야금을 타던 곳이라 하여 붙여진 이름이다. 그러나 막상 내가 이곳을 지날 때마다 통한의 감정에 빠지곤 하는 것은 이곳 탄금대가 조선의 흥망을 가름할 정도의 임진왜란 격전지인 동시에 팔도대원수 신립이 비장하게 최후를 장식한 곳이기 때문이다.

1592년(임진년) 4월 부산포에 상륙한 왜군은 채 보름도 지나지 않아 선산과 상주를 함락하고 파죽지세로 문경 방향으로 쳐들어왔다. 이에 조정은 북방 방비에서 용맹을 떨친 신립을 삼도순변사(三道巡邊使)로 임명하여 이곳으로 파견하였다. 바로 이 문경의 배후에는 나는 새도 쉬어갈 만큼 높고 가파른 고개라는 '조령(鳥嶺)'이 버티고 있었기 때문으로 사료된다.

한편 이곳은 한성으로 가는 과거시험을 보기 위해 길을 나선 선비들이나 상인, 그리고 임지로 떠나는 관리들은 물론 왕실에 바치는 각종 공물도 거쳐야 가장 빨리 한성에 이를 수 있는 교통의 요충지였다. 말하자면 한국의 차마고도(茶馬古道)라고나 할까. 인근의 죽령이나 추풍령을 이용할 수도 있었으나 태조 이성계가 동래에서 한양에 이르는 영남대로를 개설할 당시 죽령을 관통하도록 한 이후 영남과 한성을 잇는 핵심 길목이 되었던 것 같다. 사람과 물목의 왕래가 빈번하다보니 이를 탈취하려는 산적도 많았던 것으로 기록되어 있다. 험준한 지형과 산적의 행패 때문에 고려 때부터 나라에 바치는 공물은 조령 대신 남해를 돌아 서해를 경유하는 뱃길을 이용했을 정도였다.

　물론 왜군이 다른 육로를 이용할 수도 있었다. 그러나 대규모 병력의 이동이 가능한 별도 침입로를 개척하거나 남해안 지역을 돌아 구례, 곡성, 남원을 거치는 길은 상대적으로 많은 시간을 요하는 일이었다. 이런 이유로 왜군은 선봉 및 주력 부대를 문경으로 진격시켰던 것이고, 후발 부대들만 여러 갈래의 우회로를 이용해 한성으로 향했었다. 물론 남해안과 서해안을 따라 수군을 이동시키는 방법이 가장 효율적인 방안이었겠지만 이순신 장군과 수군의 활약으로 뜻을 이루지 못했던 것이다. 따라서 문경의 전투는 국가의 명운을 건 건곤일척의 대척이었기에 신립으로 하여금 조선의 주력 부대를 거느리고 그 길목을 막아서게 했던 것이다.

　충주 지역에 부임한 신립은 일단 충주 단월역에 군사를 주둔한 뒤 충주목사 이종장, 종사관 김여물과 함께 문경새재를 정찰한 다음 작전회의를 열었던 것으로 전해진다. 김여물은 작은 병력을 가지고 조총이라는 신무기까지 장착한 대규모 왜군과 정면으로 전투를 벌이기보다 지형이 험한 새재의 양쪽 기슭 숲속에 복병을 배치하였다가 틈을 보아 일제히 활을 쏘아 적을 물리치는 것이 좋겠다는 의견을 냈고, 이종장 또한 비슷한 의견을 내놓았다는 기록이 남아 있다. 적이 승승장구하며 물밀듯 진격해 오고 있어, 넓은 들판에서 전투를 벌이는 것은 불리할 듯싶으니 이곳의 험준한 산세를 이용하여 지속적으로 기습하는 것이 좋겠다고 판단했던 것 같다. 아뿔싸, 그런데 신립은 천추의 한이 될 자신만의 의견을 고집하고 나섰다 한다. 적은 보병이고 우리는 기병이니 들판에서 기마로 짓밟아버리는 것이 더 효과적인 전술이라는 점, 그리고 졸지에 소집된 우리 군사는 훈련이 제대로 안 되어 있어 죽기를 각오하고 싸우도록 배수의 진을 칠 필요가 있다는 이유를 들어 그런 결단을 내렸다는 것이다. 그런데 그가 배수진을 친 탄금대 앞은 논이 많아 말을 타고 달리기에 불편하다는 사실조차 고려하지 못한 결정이었다는 것이 후세 학자들의 평가다.

요즈음 차량으로 통과하는 데에도 반시간 가까이 걸리는 조령의 북쪽 평지지역을 그가 무방비 상태로 내어 주고 탄금대 앞에 배수진을 치고 물러나 앉자. 왜군은 아무런 저항도 받지 않고 새재를 넘어 진군해 왔다고 한다. 그들은 조령의 중요성을 알았기 때문에 세 차례나 수색대를 보내 한 명의 조선군도 배치되어 있지 않음을 알고 춤추고 노래하면서 고개를 넘었다고 전해진다.

조령을 아무 저항 없이 통과한 왜군은 충주 탄금대에 배수진을 친 조선 방어군을 일시에 전멸시키고 말았다. 결국 조선의 최정예 부대를 거느렸던 신립은 문경새재를 넘어온 왜장 가토 기요마사와 고니시 유키나가에게 참패하고 만 것인데, 그는 천추의 한을 품은 채 남한강에 투신자살하고 말았다.

신립이 자결한 후, 아군을 믿고 피난하지 않았던 충주의 백성과 관속은 왜군에게 무참히 희생되고 말았고 국왕이 서울을 떠나 평안도로 피난하는 결과까지 초래되었다. 여전히 풀리지 않는 의문은 어째서 신립이 문경새재에서 적을 막자는 부하 장수의 말에 따르지 않고 여기에 배수진을 쳤는가 하는 점이다. 지금은 물론 차후로도 큰 수수께끼로 남을 것이라 생각된다. 국가의 존망을 재촉하게 된 통한의 패전에도 불구하고 달천 기슭에 있는 충렬사에 그의 위패가 모셔진 것 또한 이채롭다.

이후 조령의 방어 상 요지로서의 중요성이 강조되었지만, 정작 새재에 산성과 관문이 들어선 것은 임진왜란을 치르고도 백 년이 더 지난 1708년(숙종 34)의 일이다. 문경읍 쪽에서 고갯길을 따라 10킬로미터 남짓 떨어진 산속에 첫째 관문인 주흘관(主屹關), 거기서 3.1킬로미터 떨어진 곳에 둘째 관문인 조곡관(鳥谷關), 그리고 다시 3.5킬로미터 떨어진 곳에 셋째 관문인 조령관(鳥嶺關)을 쌓았던 것이다. 소 잃고 외양간 고치기라지만 그나마도 너무 늦게야 건설되었다는 생각을 피할 길 없다. 망국에 가까운 전란마저도 조선에게는 큰 교훈이 되지 못했던 것인가? 남에서 북으로 4.5킬로미터 가량 석성도 축조했다고 전해지지만 지금은 허물어져 흔적조차 남아 있지 않다.

지금도 탄금대 앞길을 걷다 보면 마음이 아리다. 비록 지금은 지형이나 지목이 많이 변경되었지만 탄금대 앞 논밭과 구릉 지역을 지날라치면 그곳에서 산화한 군졸들의 아비규환이 자꾸 연상되어 마음이 산란해진다. 물론 신립이 참모들의 권고대로 새재에서의 매복 작전을 수용했다 해도 전투에서 승리했을 것이라 장담할 수는 없다. 그러나 왜군의 진격을 상당 기간 지연시킴으로써 평안도와 함경도로부터의 지원을 이끌어낼 수 있었다면 전쟁의 양상은 사뭇 달라졌으리란 생각이 든다. 당시 조선의 총 사상자가 전체 인구의 20~25%에 달했다는, 천추의 한이 되었던 임진란의 성패를 가름할 수 있었던 결정적 역할을 담당할 수 있었던 전투에서 지휘관의 결단이 어떤 결과를 초래할 수 있는지를 반면교사로 삼았으면 하는 바람이다. ─ 2024년 3월

신미순의총

아 이게 정말 '홍이포'란 말인가? 용두돈대에 전시되어 있는 신미양요(1871. 6. 1. ~ 7. 3.) 때 쓰였다는 화포를 마주했을 때 제일 먼저 떠오른 일감은 당황 그 자체였다.

코로나 대유행 직전인 2019년 여름쯤으로 기억된다. 무더운 날씨였지만 아내와 나는 신미양요의 치열한 격전지이자 강화도 요새지의 총사령부가 있었던 광성보(廣城堡)를 찾아 나섰다. 정문인 안해루를 들어서 백여 미터 남짓한 숲길을 지나자 당시 전투에서 산화한 병사들의 묘, 신미순의총(辛未殉義塚)이 시야에 들어왔다. 묘 주위 숲에 이르렀을 때 함성에 가까운 매미들의 울음소리가 귀청을 때렸다. 6년여를 땅속에서 애벌레로 지내다 성체로 탈바꿈한 지 약 일주일 만에 산란을 끝으로 생을 마감한다는 매미들의 떼창은, 마치 생의 마지막 순간을 불꽃처럼 태우고 산화한 영혼들의 거룩한 외침같이 들렸다. 순간 한 여름의 열기를 잊게 할 만한 서늘한 기운이 온몸을 휘감아왔다.

양요 당시 조선군은 강화해협 일대 전투에서 미군의 포격으로 불과 1시간 만에 치명적인 타격을 입었고, 이어 벌어진 백병전에서 전군이 전멸한 것으로 기록되어 있다(자료마다 차이가 있지만 조선 군대는 어재연 장군을 포함해 430여 명이 전사하고 20여 명이 포로로 잡혀갔다고 한다). 반면 미군은 사망 3명, 부상 10여 명 정도의 경미한 피해만 입었다고 하니, 이는 전투라기보다는 일방적인 학살에 가까웠다는 생각이 들었다. 현대식 군함에서 발사되는 화포와 소총 탄환에 맞서 속절없이 쓰러져 간 수많은 조선 병사들의 아비규환이 들리는 듯했다.

광성보에는 3개의 돈대가 있는데 그중 한 곳인 용두 돈대에 조선군이 사용했던 화포가 전시돼 있다기에 그곳으로 발걸음을 옮겼다가 홍이포를 마주했다. 용두돈대는 신미순의총에서 불과 5백 미터 남짓 떨어진 해안선에 자리하고 있었지만, 숲을 벗어난 해안 길로 나서니 환한 하늘이 들어나며 한여름의 땡볕이 침처럼 머리를 쏘아대는 바람에 종종걸음을 했다. 당시 병사들이 사용했다는 홍이포를 보기 위해 감수해야 했던 탐방 길이라 생각했다.

말로만 들어왔던 화포는 상상했던 것보다 훨씬 왜소해 보여 당황스럽기까지 했다. 심지어 전시를 위해 설치한 모조품 같다는 생각까지 들었다. 조선군이 겨우 이 정도의 무기로 미국 함대에 맞서 싸워야 했다는 사실이 믿겨지지 않을 정도였다. 그나마도 외적의 공격을 방어하기에는 턱없이 낮아 보이는 성곽을 따라 배열되어 있어서인지 백일하에 드러난 화포의 실체는 더욱 초라해 보였다.

안내문에 따르면 홍이포는 화약과 포탄을 장전한 다음, 포 뒤쪽 구멍에 점화해 사격하는 방식의 화포라 했다. 사정거리는 최대 700m에 달했다고 하지만 사거리 조정이 용이하지 못했고, 포탄 또한 자체 폭발성이 없는 것이어서 전투에서의 위력은 미약했다고 쓰여 있었다. 태평양을 건너올 정도 크기를 가진 미국 전투함(군함 5척과 군인 1,230명 승선), 그것도 각종 대포와 소총 등으로 중무장한 현대식 군함을 터지지도 않는 포탄(정확히 표현하자면 그저 야구공보다 약간 큰 쇳덩이에 불과함)과 활을 가지고 대적해야 했던 조선군의 처지가 너무나 애처롭다는 생각을 지울 길 없었다.

당시 광성보 전투를 이끌었던 조선 후기의 무신 어재연 장군과 동생 재순의 부대는 군관, 사졸 등을 포함하여 총 53명 규모로 그곳 격전지에서 전멸하고 말았다. 어 장군 형제는 충청북도 음성군 대소면 성본리에 안장하는 한편, 격전지인 광성보 안에 이들의 충의를 기리는 쌍충 비각을 세워 기념하고 있다.

반면 이들 형제와 더불어 장렬하게 전사했으나 신원조차 알 수 없는 나머지 51명의 시신은 현장에 7기 분묘에 나누어 쌍충 비각 옆에 합장한 후 이를 신미순의총이라 명명하였다고 기록되어 있다. 무기 성능의 절대적 열세로 대패가 예견된 전투였지만 미군들과 끝까지 싸우며 한 발자국도 물러서지 않았던 병사들의 투지, 그리고 나라를 지켜 내기위해 장렬히 전사한 용기와 불굴의 정신을 기리기 위해 강화군이 매년 음력 4월 24일 광성제를 드린다는 사실만은 순절한 영령들에게 조금이나마 위안이 될 것 같다. 그러나 아무리 보아도 51인이나 되는 병사들의 시신을 7기의 분묘에 합장하였다는 것도 그렇고, 봉분의 크기 또한 7구 이상의 시신을 함께 수습했다고 보기에는 턱 없이 왜소하고 볼품이 없어 안타까운 마음을 떨치기 어려웠다.

더구나 이들 대부분은 호랑이를 사냥하던 포수 출신들로서 용맹함이 뛰어났다는 일화만 전해질 뿐이란 점이 더욱 마음을 아프게 했다. 어떤 경로로 격전지까지 오게 되었는지는 모르겠으나 멀리서 그곳까지 찾아와 국가수호라는 대의를 위해 목숨을 초개같이 버린 의인들인데 그들이 누구인지 조차 알지 못한다는 사실 때문이다. 그들도 다 누군가의 집안에서 존경 받는 아버지이고 귀중한 남편들인데도 말이다. 물론 군사 전략상 졸의 희생으로 전투를 승리할 수 있는 경우는 있을 수 있다. 그렇더라도 희생된 사람들에 대한 예우차원에서 그 이름을 기리고 유가족들에게 보상을 하는 것이 상식 아닐까. 차후에라도, 더구나 국민이 주인인 현대 민주사회에서야말로 국민을 졸로 보고 불쏘시개로 삼는 일은 없었으면 한다.

역사적 사실 측면에서만 본다면, 신미양요는 미군이 비록 전투에서는 이겼으나 조선과의 통상 협정이 여의치 않자 결국 아무런 성과 없이 철수한 것으로 기록되어야 할 사건이었다. 그런데 이러한 사실을 두고 흥선대원군(興宣大院君)은 마치 조선이 전쟁에서 승리라도 한 듯 사건을 호도하며 한양의 종로와 전국 각지에 척화비(斥和碑)를 세워 통상수교거부정책을 더욱 강화하는 한편, 양요 당시 천주교 신자 일부가 협력했다는 사실을 빌미삼아 천주교에 대한 강도 높은 탄압을 가하기까지 했다. 군사들의 숭고한 순절이 빛을 잃고 말았다는 생각을 지울 수 없다. ― 2024년 2월

쌀 썩은 여

무심코 마주친 '쌀 썩은 여'란 안내판을 보고 소스라치게 놀랐다. 대학 재직 시 이에 관한 역사적 사실을 강의까지 했지만 설마이와 연관된 장소가 보존되어 있을 줄은 몰랐기 때문이다. 순간심장이 두근거릴 정도로 흥분이 엄습해 왔다.

2021년 여름 '코로나' 유행이 어느 정도 잦아들 무렵, 방역수칙 속박에서 벗어나고픈 생각에 안면도 인근으로 휴가 길에 나섰다. 우리처럼 해방감을 찾아 나선 사람들이 많았던지 비어 있는숙박 시설을 찾기 어려웠다. 다행히 안면도 남단에 있는 조그만펜션 하나를 구할 수 있었지만, 간단한 먹거리나 생필품을 사려면 30여 분 정도 온 길을 되돌아가야 할 정도로 외딴 곳이었다. 달리 할 수 있는 일도 없어 해변으로 나섰다. 샛별 해수욕장이라했다. 조개껍질 사이로 수많은 별 모양의 물체들이 시야에 들어왔다. 아직 살아 있는 것인지 아니면 죽어서 해변으로 떠밀려온것인지 알 수 없었으나 마치 헝겊이나 가죽으로 만든 장난감 같아 보였다. 한국에서 주로 자생하는 '별 불가사리'들이었다.

한국 토착종인 별 불가사리는 파란색 윗면에 붉은 점이 있으며 배 쪽은 주황색을 띄고 있다. 이것들은 팔이 짧고 움직임이 둔하다는 구조적 한계를 가지고 있어 이들보다 빠르게 움직이는 조개류를 따라잡을 수 없을 뿐 아니라 충분히 감싸안을 수 없다고 한다. 결국 죽은 물고기나 병들어 부패된 바다생물 등을 먹고 살 수밖에 없는데, 결과적으로 이런 습성은 바다의 부영양화(富營養化)를 막아주는 순기능으로 작용한다고 알려져 있다.

들어본 적이 있으나 이토록 지천으로 해변에 널려 있는 별 불가사리를 본 적은 없었기에 외딴 해변에서의 고독감을 잠시나마 잊을 수 있었다. 아마도 그곳 해변 이름을 샛별해변이라 한 것도 그 때문이라는 생각이 들었다. 다음날 아침 해변의 좌측으로 나 있는 샛별 길을 따라 동산에 올랐다가 '망재'라는 바위섬을 마주하고 있는 전망대에서 바로 그 '쌀 썩은 여'란 안내판을 발견했던 것이다.* 샛별 해변에서 주로 부패한 생물을 먹고 사는 별 불가사리와 썩은 쌀이 퇴적해 생성된 해변 앞 '쌀 썩은 여'는 나름대로 잘 어울리는 이름이란 생각이 들었다.

안내판에는 다음과 같이 쓰여 있었다.

"조선시대에 이곳을 지나는 세곡선의 난파가 잦아 인명피해만 없으면 조정에서 책임을 묻지 않을 정도로 유명한 암초지대였다. 운송 도중 파선된 배에 남아 있던 쌀이 바위 인근에 쌓여 썩었다고 해서 이 암초를 '쌀 썩은 여(Rotten Rice Rock)'라 불렀다고 한다."

원래 '여(礖)'는 썰물 때에는 바닷물 위에 드러나고 밀물 때에는 바다에 잠기는 암초를 이르는 것인데, 그 바위섬에 세곡선으로부터 흘러나온 쌀이 쌓여 썩었다는 사실에 근거하여 '쌀 썩을 여'라는 명칭이 부여되었던 것이다. 그날 아침도 썰물이 시작되어 암초와 육지를 잇는 해저가 반쯤 들어나 있었다. 듬성듬성 검은 빛이 도는 바위들이 마치 그 옛날 썩어 싸인 쌀들의 잔해처럼 느껴졌다.

『동국여지승람』등에 따르면 조선조에는 남도지역의 세곡을 서울로 운송할 때 주로 태안반도를 돌아가는 바닷길을 이용하였는데, 세곡선이 안면도에 이를 즈음 자주 파선되었다는 기록이 있다. 악명 높은 암초지역을 그것도 작은 배(평균 선체 길이는 10미터 내외)로 해안선에 가까운 해로를 육안으로 확인해 가며 운항하다 발생했던 것이다. 조선술과 항해술이 미흡했던 당시로서는 불가피한 선택이었지만 이때 싣고 가던 쌀이 물속에 유출되고 쌓여 썩게 되었다는 것이다. 그 날 바로 그러한 장소가 실제로 눈앞에 펼쳐지고 있었으니 정녕 믿기지 않았던 것이다.

이와 관련하여 흥미로운 사실은 조선 시대 세곡선 감독관들이 배가 포구를 경유할 때마다 노골적으로 쌀을 빼내어 사복을 채우곤 했다는 점이다. 그로 인해 남도에서 출발한 세곡선이 안면도에 이르렀을 때에는 세곡이 몇 섬 남지 않았다고 한다. 주로 태안반도 남단에서 세곡의 양을 검수 받아야 했던 세곡 운송 관리들은 결국 안면도에 도착할 즈음 세곡 선을 지금의 '쌀 썩은 여'라고 불리는 암초에 고의적으로 부딪혀 파선시켜 놓고 조정에 허위로 사고보고서를 올렸다는 기록이 남아 있다.

물론 이러한 관리들의 행태를 논외로 하더라도 안면도와 태안반도 일대 수로가 매우 험난하고 암초가 많아 당시로서는 세곡선이 자주 파선될 위험이 컸다는 것은 명백한 사실이다. 삼남지방의 세곡을 안면도 외해를 이용해 서울로 운송할 당시까지에는 반드시 태안반도의 안흥량을 통과해야만 했는데 특히 그 주변에서 끊임없이 난파사고가 발생했던 것이다. 조선 태조에서 세조 때까지 60년 동안 안흥량에서 선박 200여 척이 풍랑으로 침몰해 1200명이 숨지고 쌀 1만 5800섬이 바다에 빠졌다는 기록이 남아 있다. 2007년 겨울에도 이곳에서 대형 유조선 기름유출 사고가 발생했다는 사실까지 고려해 볼 때, 이 지역에서의 운항 위험성은 오랜 역사를 가지고 있음을 잘 알 수 있다.

이런 정황 때문에 조정은 태안군 태안읍에 접해 있는 천수만(淺水灣)과 가로림만(加露林灣)을 연결하는 굴포 운하 건설에 나섰던 것이다. 1134년(고려 인종 12)부터 시작한 굴포 운하는 조선의 태종을 거쳐 인조에 이르기까지 진행되었으나(이후에도 건설 작업이 이어졌으니 1669년(현종 10)까지 530여 년간 계속된 셈이다), 전체 7㎞ 중 4㎞만 개착되고 나머지는 완공하지 못했다. 결국 인조 때(1638년) 이르러 태안반도 남단 약 200미터를 끊어내는 토목공사 끝에 안면도를 육지에서 분리시키는 것으로 대신했다. 안면도 내해 수송로를 확보함으로써 외해 항해 시의 위험을 해소시키는 차선책을 택했던 것이다. 이로써 원래는 자연 섬이 아니었던 안면도가 섬이 되었다(1970년 다리를 놓아 육지와 연결시키기는 했지만). 지금도 충청남도 태안군 태안읍 인평리와 서산군 팔봉면 어송리 간의 7km에 달하는 운하유적이 남아 있다. 밑바닥의 넓이가 약 19m이고 상층부의 넓이는 52m이며, 높이는 제일 낮은 곳이 3m, 그리고 제일 높은 곳은 50m나 되는 규모이다.

안면도의 도서화로 내측 해역 수송로가 확보되자 세곡선들은 안흥량을 거쳐 태안반도를 돌아가는 위험을 감수하는 대신 굴포 운하 유역을 이용하는 부분적인 육지 운송 방식을 택하였다. 태안반도 남단에서 일단 세곡을 하역하여 우마로 북단까지 운송한 다음 한성까지는 다시 해로를 이용하는 방식을 택했던 것이다.

불행하게도 상·하역 시 세곡의 양을 계측하는 과정에서 관리들의 미곡탈취 행위가 자심했다고 한다. 도량형의 표준마저 정착되지 않은 시기였기에 각기 다른 크기의 됫박, 그것도 다양한 모양의 용기를 이용해 계량하는 과정에서 세곡을 눈앞에서 빼돌렸던 것이다. 예컨대 미곡을 되에 담고 수평으로 웃면을 칠 때 편편한 것 대신 배가 불룩하거나 오목한 방망이를 썼다고 한다. 즉 세곡 관리가 미곡 인수 시에는 오목한 방망이를 사용해 가능한 되당 분량을 많게 하고, 인계 시에는 배가 볼록한 방망이로 후려쳐서 되 당 미곡량을 줄임으로써 자신들의 배를 불리는 관행이 일상화되었던 것이다.

쌀 썩을 여름 보고 있자니 이러한 비리를 눈앞에서 뻔히 보고서도 항의조차 할 수 없었던 평민들의 애환이 눈에 선했다. '쌀 썩을 여' 앞 샛별 해변에 죽은 듯 산 듯 널려 있는, 그러면서 그저 부패한 바다 생물로 연명해야 하는 별 불가사리 신세나 진배없는 백성의 삶에 연민의 정이 간다.

곰곰 생각해 보면 과연 지금이라고 사정이 달라졌는지 의문이 간다. 일반 서민의 이해나 권익 보호와는 거리가 먼 제도의 도입이나 운용은 마치 조선 시대에 부당한 됫박 계량에도 어찌해 볼 도리가 없었던 당시 백성들처럼 우리를 무력감에 빠뜨리곤 한다. 더구나 '무전 유죄, 유전 무죄', 그리고 '내로남불' 등의 말에서처럼 재력가나 사회적 상위 계층에게만 유독 유리하게 적용되는 법 집행과정을 뻔히 바라보면서도 어찌해 볼 도리가 없는 것이 현실 아닌가. 심지어 자신들의 지위 유지나 이해관계에만 유리하게 각종 법규를 제정함으로써 합법을 위장한 범법행위를 공공연하게 자행하는 공직자들의 관행은 우리를 좌절케 한다. 뿐만 아니라 국민을 위해서라는 명분하에, 작게는 국민 개개인에게, 크게는 국가 전체를 몰락으로 치닫게 하는 포퓰리즘 정책을 남발하는 무책임한 위정자들을 보면 그만 아연해지곤 한다. 그 불공정한 관행은 마치 우리들 마음속에서 썩어 퇴적해 가고 있는 '쌀 썩은 여'처럼 명멸하고 있어 우리를 절망케 하고 있다.

물론 근대에 이르러 시민사회가 정착되며 봉건적 착취의 정도가 많이 사라진 것은 사실이지만 관습화가 되다 보니 모르고 지날 뿐 아직도 봉건적 수탈의 그림자가 도처에 남아 있음을 일반인들은 인식조차 제대로 못하고 있다. 중국에는 '관도(官倒)'라 쓰고 ' 관따오'라 읽는 말이 있는데 원래는 관의 힘이 미치는 것을 이르지만 '부패'라는 뜻으로 해석된다. 선진국을 자처하는 한국이 되새겨 보아야 할 말이란 생각이 든다. — 2023년 5월

*내가 '쌀 썩은 여(Rotten Rice Rock)'란 안내판을 발견한 곳은 태안군의 안면읍 신야리 해변 동산 위였다. 그런데 이 곳 말고도 '쌀 썩은 여'라 불리는 곳이 또 한 군데 있기는 하다. 전남 영광군 낙월면 월촌리에 위치한, 신안 섬의 북 쪽, 그리고 영광 서편 먼 바다에 있는 바위섬이다. 태안군 경우와는 달리 배를 타고 멀리 나가야 볼 수 있어 일반인들이 찾아내기는 어렵다.

사북

2008년 초가을 오래 전부터 계획했던 옛 사북탄광 탐방에 나섰다. 사북역에 가까워지자 슬그머니 다가오는 긴장감에 몸을 곧추 세우고 핸들을 힘주어 잡았다. 나도 모르게 아내와의 대화까지 줄여가고 있었다. 1980년(4월 21~24일) 동원탄좌에서 발생한, 실로 살벌했던 사북사태에 대한 기억이 떠올랐기 때문이다.

사북사태란 12·12 쿠데타 이후 발령한 계엄령 하에서 발생한 실로 예상을 뛰어넘는 과격한 노동항쟁이었다. 진압에 나섰던 경찰이 위험을 감지한 나머지 도주하는 과정에서 차로 광부를 치어 죽이는 사건이 발생하자, 극도로 흥분한 일단의 광부와 부녀자들이 돌을 던지며 대항하는 과정에서 경찰관 1명이 사망하고 양측에서 70여 명이 부상당하는 유혈사태가 발생했던 것이다. 체제 유지에 위기의식을 느낀 계엄사령부는 200여 명의 광부와 주민들을 연행하여 혹독한 취조 끝에 31명을 구속 기소하고 50명을 불구속 기소하는 등, 총 81명을 군법회의에 송치하는 강경 대응에 나섰다(이들 중 주동자 급으로 지목되었던 박○○ 씨 외 3명은 재심 끝에 2023년 7월, 춘천지법 원주지원에서 무죄선고를 받았음. 그들은 사태악화를 막기 위해 끝까지 무기고를 지켰던 사람들인데, 갖은 고문을 견뎌내지 못한 동료 탄부들의 허위자백을 근거로 주동자로 몰아갔다는 증인들이 다수 나타났기 때문이었음.) 독재정권과 궤를 같이 한 노동 탄압으로 인해 누적되어 온 노동자들의 불만이 박정희 대통령 사망 직후 민주화라는 시대적 흐름 속에서 촉발된 사태로 1980년대 노동운동의 본격적인 시발점이 된 사건이었다.

엄밀히 평가해 본다면 1970년 전태일 분신 사건, 1971년 한진상사 근로자들의 KAL빌딩 난입 사건 등을 제외할 경우, 1970년대 노동운동은 주로 미혼 여성 근로자들에 의해 주도되었다. 동일방직 여공 파업, YH여공들의 신민당사 난입사건 등이 대표적인 사례라 할 수 있다. 해고를 감수해야 하는 노동 투쟁에서 가구주인 남성 근로자들이 전면에 나서기는 어려웠던 시기였다. 불행하게도 5공화국의 출현으로 노동탄압이 더욱 극심해졌던 1980년대 초에 급기야 사북탄광 사태가 발발하게 되었던 것인데 1987년에 이르러 자율적 노동운동이 정착되는 데 초석을 마련해 준 것으로 평가된다.

사북역 도착 즉시 예약해 둔 여관을 찾아들었는데, 마침 중계 중인 베이징올림픽 소식 때문이었는지 예전의 그 살벌했던 노동항쟁의 흔적이나 분위기는 찾아볼 수 없었다. 순간 맥이 확 풀리는 느낌이 들었다. 저녁에 장미란 선수가 여자 역도 부문에서 금메달을 따는 장면까지 보고 나니 방문 전까지 가졌던 긴장감은 눈 녹듯 사라져버렸다.

다음날 아침 당시 사태에 대한 일말의 흔적이라도 찾아보고자 서둘러 탐방에 나섰으나 그곳이 탄광이었던 사실을 확인시켜 주는 것은 사북역 근처 지장산 기슭에 있는 사북탄광 문화관광촌뿐이었다. 갱도의 일부를 개조하여 탄광 내 채탄과정을 각종 조형물로 제작하여 전시한 기념관의 분위기는 여느 관광지와 다름없이 사뭇 밝아 보이기까지 했다. 열악하기 이를 데 없었던 탄광의 흔적을 찾아 나선 우리로서는 혼란스럽기 이를 데 없었다. 관광촌 위에는 백운산을 배경으로 대규모 위락단지가 들어서 있었는데 스키장과 골프장은 물론 한국 최대 규모의 카지노 영업장까지 성업중에 있어 당혹감을 감출 수 없었다.

　불행했던 과거의 흔적이 그대로 남아 있기를 바랐던 것은 아니지만 역사의 교훈을 되새길 만한 기록마저 찾을 길 없어 서운한 한편 세월의 무상함이 새삼스럽게 느껴졌다. 양사언의 '산천은 의구하되 인걸은 간 데 없네.'라는 옛 시구가 무색한 시대가 된 듯싶었다. 더구나 노동운동이 노동자의 복지 개선보다는 정치적 이념 투쟁의 성격을 띠면서 국민 정서와 큰 거리감을 주고 있는 현재의 노조의 행태를 떠올리면, 순수했던 초기 노동투쟁의 본질과 관련한 역사와 기록이 보존되지 않은 현실이 못내 아쉬웠다.

　하기야 세상 모든 일이 좋았던 것이든 불행했던 것이든 결국은 대부분 묻히고 잊히는 것이 순리 아닌가 싶었다. 몇 년 전 자전적 수필집을 쓰면서 해방 이후 내가 살았던 집을 찾아 나섰는데, 바로 직전 살던 곳을 제외하고는 한 곳도 남아 있지 않아 큰 상실감을 느낀 적이 있었다. 그나마 다행인 것은 대부분 예전 내가 살던 때보다 발전된 모습들로 대체되어 있었다는 점이다. 아마도 세상은 이런 과정을 거치며 발전하는 게 아닌가 싶었다. 극단적인 예가 될지 모르지만 시구문이라 불렀던 광희문 일대나 그곳을 통해 나간 시신들이 묻힌 옛 금호 묘역의 현재 모습을 생각해 보면 불평할 일 하나 없어 보인다.

그렇더라도 역사적으로 주요 계기를 제공해 준 사건만이라도 어떻게 해서든 현지에 기록물로 보존하거나 그도 어렵다면 예컨대 노래나 문학작품의 소재로라도 재현되어야 하지 않을까 생각해 본다. 하기야 세상사 잊혀버리기에는 아쉽고 서운한 것이 어찌 이뿐인가 싶기는 하다. 이 세상에 나온 이유가 무엇인지조차 알길 없는 우리들의 인생사 또한 이렇다 할 족적마저 남기지 못하고 마감될 것이란 엉뚱한 생각이 문뜩 떠올라 허허로이 사북을 뒤로 했다. 가랑비가 촉촉이 내리는 귀로에 잠시 정선 '아우라지 공원'을 들렀다. 무대 위에 선 명창이 들려주는 정선아리랑 가락이 그날따라 더없이 서글프게 느껴졌다. ― 2023년 7월

이종원 수필집

청자화분과 가시면류관

초판 1쇄 발행 2024년 9월 20일

지은이 이종원
펴낸이 임현경

펴낸곳 곰곰나루
출판등록 제2019 - 000052호 (2019년 9월 24일)
주소 서울특별시 양천구 목동서로 221 굿모닝탑 201동 605호(목동)
전화 02 - 2649 - 0609
팩스 02 - 798 - 1131
전자우편 merdian6304@naver.com
유튜브 채널 곰곰나루

ISBN 979 - 11 - 92621 - 15 - 9 03810

책값 17,000원